La tournante

Élisa Brune

La tournante

Sources

Chapitre 25, article paru sur *Le Monde.fr*, le 24 avril 2001, tiré d'une dépêche de l'AFP.
Chapitre 28, article paru dans *L'Humanité*, le 6 décembre 1999.
Chapitre 34, article de Corine Goldberger paru dans *Marie-Claire*, en avril 2001.

AVERTISSEMENT

Ce roman, qui met en œuvre une large part d'imaginaire, s'inspire d'un fait réel. Je remercie l'ami qui m'a autorisée à utiliser certains éléments d'information qu'il m'a confiés, et je lui dédie cet ouvrage.

S'il est possible d'identifier les circonstances concrètes d'une réalité sociale, les personnages et les événements ont été transformés de manière à respecter leur caractère privé.

1

Le père

Quand Iris m'a appelé au bureau pour me prévenir que Marion se trouvait dans un commissariat de police, j'ai éprouvé comme jamais ce que peut signifier le mot «soulagement». C'était le poids du monde entier qu'on ôtait de mes épaules. Depuis deux jours, nous vivions écrasés par l'angoisse affolante de la catastrophe déjà survenue mais pas encore annoncée. Deux jours d'absence sans la moindre nouvelle, c'était un cauchemar auquel nous n'étions aucunement préparés. Marion nous informait toujours de ses allées et venues, elle demandait la permission avant de sortir le soir ou d'aller dormir chez une copine. Quand une fille comme elle disparaît, on pense moins à la fugue qu'à l'accident, au rapt, au viol ou au meurtre. Belle comme elle est, en plus, il y a toujours quarante regards sur elle.

Dans la soirée de mardi, comme elle ne rentrait pas, nous avons appelé toutes ses amies qui nous ont dit l'avoir vue partir vers la station de métro après les cours, comme d'habitude. Ensuite, nous avons fait le tour des hôpitaux et des commissariats du nord de Paris, sans succès. On ne pouvait que promettre de nous appeler sans faute si on la retrouvait. Le matin, nous avons téléphoné au lycée pour le cas, improbable, où Marion s'y serait présentée. Mais bien sûr sa place est restée vide et personne n'avait rien remarqué de spécial dans son comportement la veille.

Je suis parti au bureau mercredi sans avoir dormi de la nuit et j'ai assisté à ce scandale écœurant : la vie continuait comme si de rien n'était. Ma fille avait disparu, son lit était intact, sa brosse à dents toute sèche, et rien n'en paraissait modifié. Les collègues bavardaient, les secrétaires encodaient, les circulaires circulaient. Bien que physiquement présent, je me sentais éjecté à cent mille années-lumière de cette agitation qui bourdonnait imperturbablement autour de moi. Parcourir le courrier, mettre à jour les commandes, réceptionner les brochures, toutes ces tâches me semblaient aussi absurdes et douloureuses que de regarder *Le Lac des cygnes* quand on est terrassé par une rage de dents.

Le soir, j'ai retrouvé Iris anéantie comme moi, après une journée passée en vain à côté du téléphone, à attendre anxieusement la moindre nouvelle. Je m'étais moi-même interdit de l'appeler pour éviter de lui donner un faux espoir. Il était convenu que seul celui qui disposerait d'une information joindrait l'autre. Il me brûlait pourtant de parler avec elle pour avoir ne fût-ce que l'illusion de me consacrer au seul sujet qui m'occupait l'esprit tandis que j'accomplissais mécaniquement les gestes de ma profession. Réunis à côté du téléphone, nous ne savions comment faire pour trouver la force d'affronter cette deuxième soirée sans nouvelles de Marion. La présence de Thomas, heureusement, nous obligeait à conserver un semblant de sang-froid. Ses devoirs et le repas nous retenaient de sombrer dans la panique pure et simple, mais nous nous sentions comme des funambules – excessivement conscients du vide.

Lorsque le soir un enfant tarde à rentrer, il est bien sûr impossible de ne pas penser au pire, mais furtivement, pour conjurer le sort, et tout en sachant qu'il reste neuf chances sur dix pour que le retard trouve une explication anodine. Je me suis toujours élevé contre les effrois d'Iris dès que l'un ou l'autre n'était pas de retour à l'heure habituelle. Stop à la tyrannie de l'inquiétude irraisonnée. Laissons à la vie l'indispensable marge de flou qui lui permet de se développer et de se montrer intéressante. Mais, quand la nuit s'achève et que l'enfant n'est pas revenu, quand on a guetté si longtemps le bruit de la clé dans la serrure que l'on ne peut plus sérieusement y croire, quand il n'est plus possible d'imaginer une seule cause bénigne, l'inquiétude creuse un gouffre dont je hais encore la profondeur. Je ne connais rien de pire, dans la douleur, que l'incertitude – se sentir comme ces épouses qui espèrent encore alors que les marins sont bel et bien noyés. Pendant deux jours, je n'ai pas seulement craint de perdre ma fille, je l'ai perdue pour de bon, et sans savoir comment.

À dix heures du soir, n'y tenant plus, j'ai dit à Iris que je retournais voir dans les hôpitaux et les commissariats, les mêmes que la veille et encore d'autres. Qui sait, si jamais on l'avait amenée inconsciente, sans papiers, ou si notre appel d'hier n'avait pas été correctement transmis ou enregistré – et puis j'avais besoin de me tenir en mouvement pour dominer la douleur.

Au cours de ma tournée, je n'ai récolté que dénégations désolées et paroles de réconfort. Il s'agissait plus que probablement d'une fugue, m'assurait-on. Les adolescentes sont coutumières du fait. Possible, pensais-je, mais pas Marion. Pourquoi aurait-elle eu besoin de fuguer ? C'est une fille affirmée et épanouie, que nous n'avons jamais bridée, qui s'entend avec nous à merveille, une très bonne élève, qui a beaucoup d'amis, enfin qui fuguerait quand tout va pour le mieux ? On ne sait jamais, m'a dit une infirmière, elles peuvent avoir des secrets, des chagrins d'amour, des drames dont elles ne parlent à personne. Je ne suis pas du tout convaincu. Marion nous raconte tout ce qu'elle a sur le cœur. Elle n'aurait jamais passé sous silence un problème important. Cette infirmière est certainement habituée aux familles où l'on ne communique pas (le modèle courant, hélas), aux parents qui jugent tout ce que font ou disent leurs enfants, les amenant à dissimuler jusqu'à leurs sorties et leurs lectures. Chez nous, il n'y a rien de tout ça. Marion et Thomas se sentent respectés pour ce qu'ils sont. Jamais ils n'ont eu à souffrir de ce sentiment d'humiliation qui empoisonne tant les enfances. De ces regards méprisants, de ces décrets tranchants issus de l'autorité supérieure. Même dans leurs faiblesses et leurs maladresses, ils savent que nous leur restons fidèles, que nous avons confiance en eux. « Tu feras mieux la prochaine fois » est la phrase la plus dure qu'ils aient jamais entendue de notre part. Alors supposer qu'ils vivent des drames cachés, je crois que c'est une hypothèse en l'air.

Je suis rentré épuisé vers trois heures du matin. Après ces heures qui avaient tourné sans qu'on puisse me joindre, j'espérais me voir récompensé par une nouvelle qui mettrait fin à ce cauchemar. L'espoir a été torpillé dès que j'ai aperçu Iris allongée sur le canapé du salon, les yeux grands ouverts et le regard comme concentré sur le vide. Elle était déjà engagée très loin dans le chagrin.

Je me suis refusé à la suivre. Il n'était pas question de se rendre aussi facilement. J'ai proposé de nous mettre en rapport dès le lendemain avec des organisations spécialisées dans la recherche d'enfants disparus, et de réaliser nous-mêmes des affiches à placarder sur tout le trajet entre l'appartement et le lycée. Iris a approuvé faiblement, mais sans sortir de cette torpeur stupéfaite que je voyais comme une résignation au malheur. Malgré mon affolement total (j'étais incapable de concentrer une seule pensée ailleurs que sur Marion), je voulais diriger mes forces vers une action, même inutile, même absurde, plutôt que de subir une attente qui me rendait fou. Et l'abattement d'Iris était un motif d'agitation supplémentaire, car il semblait que, dans le raz de marée qui venait de nous submerger, elle avait disparu autant que sa fille.

Nous sommes allés nous coucher tout habillés. Combien de temps nous faudrait-il avant de reprendre nos habitudes et de nous comporter, à l'image du reste du monde, comme si de rien n'était ? J'ai chassé cette pensée et j'ai sombré dans une inconscience qui apportait le seul adoucissement imaginable en la circonstance.

Comme je comprends, après avoir traversé cette épreuve, tous ceux qui, par la drogue, la maladie mentale ou le suicide, tentent d'échapper à l'insupportable ! Sacrifier sa raison ou sa vie plutôt que de porter la douleur, ce n'est plus un choix que je condamne. Surtout quand je repense au poignard qui m'a transpercé le cerveau, au moment du réveil, lorsque j'ai réalisé que je sortais du sommeil pour replonger dans un cauchemar atroce. J'ai vraiment souhaité de toutes mes forces revenir aux limbes de l'inconscience. Oublier à tout jamais que je n'avais plus de fille, plus de joie, plus de raison de vivre.

2

Le commissaire de police
(XIᵉ arrondissement)

On a eu droit aujourd'hui à un cas pittoresque. Une patrouille a ramené deux femmes – voleuse et volée – mais la victime était de loin la plus enragée des deux. L'autre, qui ressemblait plutôt à un top model, avait tenté de voler son sac en pleine rue et s'était fait rattraper. Elle doit manquer d'expérience pour s'être imaginé qu'elle avait repéré une proie facile. La victime n'a pas plus de quarante ans et n'est pas paraplégique pour un sou ; qui plus est, elle portait des baskets, ce qui aurait dû éveiller la vigilance. Et agressive avec ça, elle n'a pas hésité à rouer de coups la voleuse qui a été ramassée le visage en sang.

Les délinquants, je les connais, mais ici c'est autre chose. Cette voleuse a l'air de tout sauf d'une voleuse. Un physique canon, je l'ai déjà dit, et puis surtout une allure… vraiment à part. Rien d'une traînée, en manque, comme j'en vois treize à la douzaine. Rien non plus d'une gosse de riches qui fauche pour se distraire. Non, une fille qui a un style rien qu'à elle (il fallait voir comment elle était habillée) et dont on ne peut vraiment pas se figurer qu'elle va s'abaisser à jouer les pickpockets. Il y a du louche là-dessous.

Et en avant pour l'interrogatoire. Autant la victime pétait des flammes, autant l'autre se refusait à commenter. Tout ce qu'elle voulait bien répéter, c'est qu'elle « plaidait coupable » et qu'on pouvait l'enfermer. Encore un truc à éveiller les soupçons. D'habitude, ça gueule pour pouvoir sortir. Celle-là nous cachait quelque chose. On était à tous les coups dans un scénario touffu, genre gros problèmes familiaux et la pauvre fille a disjoncté. Mais impossible d'en tirer quoi que ce soit.

Elle prétendait s'appeler Leslie Virton, avoir dix-huit ans et vivre seule. Ça, par contre, ça sentait l'arnaque habituelle. Tous les mineurs essaient d'éviter la confrontation avec leurs parents. Ils nous croient vraiment bêtes au point de ne pas vérifier. Ensuite, ils disent qu'ils n'ont pas leurs papiers sur eux, après quoi il suffit de hausser le ton pour voir apparaître une carte d'identité qui dément tout ce qui précède.

Donc, elle s'appelle Marion Dumeyne et elle a quatorze ans. Quatorze ans, ça m'a quand même surpris. Je lui en donnais dix-sept ou dix-huit, sculptée comme elle est. Ça sort à peine du berceau et ça dévalise les gens. Que font les parents, je vous le demande ? On va le savoir bientôt car ils ont été convoqués. La fille a hurlé quand on a parlé de les appeler. Elle a prétendu qu'elle ne vivait plus avec eux, que tous les ponts étaient coupés, qu'elle ne savait même pas où ils habitaient. Que ne ferait pas une bête affolée pour échapper à ses bourreaux ?

Moi, je ne peux qu'appliquer la loi. De toute façon, ce n'est pas parce qu'elle est roulée comme une photo de magazine que ça lui donne le droit de vivre de la charité forcée. Ça lui apprendra à se comporter un peu moins stupidement. Et puis si elle ne s'en sort pas, elle pourra toujours monnayer ses charmes.

Non, je dis ça mais ce serait dommage. Elle a l'air d'une brave fille malgré tout, par-dessous la couche de trouille. Je ne sais pas ce qui a pu la mener là, mais il y a erreur. Ceux qui fauchent pour se payer de la drogue, par exemple, je les reconnais tout de suite. Ces sales gosses veulent planer sur le dos de la société ; ils frondent encore sur les bancs du commissariat et se croient tout permis. Ils ont perdu le sens des réalités, fatalement. Mais celle-ci n'est pas de la même fabrique. Elle se paie ma gueule, mais je sens bien que ce n'est pas dirigé contre moi. Même à la boxeuse qui lui a défoncé le portrait, elle n'a pas lancé un seul regard méchant. Elle semblait plutôt désolée, en tout cas humble, tout le temps, elle reconnaissait tout ce qu'on voulait.

Dieu sait si j'en vois de ces crétins qui sont surpris la main dans le sac et qui nient encore. « C'est pas moi, j'ai rien fait », ou bien : « J'allais passer à la caisse, j'étais distrait. » Pfff, les interrogatoires sont toujours les mêmes, d'une banalité à pleurer. Je rêve d'un boulot où je verrais le bon côté des gens et pas toujours les dégâts. C'est vrai, dans la police on est là pour protéger la population, mais la population qu'on protège on ne la voit jamais que courroucée, ou alors en charpie. En revanche, des emmerdeurs, ça, on en voit, et qui prétendent mordicus qu'on s'acharne sur eux sans raison.

Non, faire le ménage, passe encore, mais quand la saleté proteste et vous casse les couilles à longueur de journée, il y a de quoi déprimer, croyez-moi.

Enfin, celle-ci n'est pas pourrie jusqu'à l'os, en tout cas c'est ce que j'ai envie de croire. Pourvu que ses parents aient suffisamment de jugeote pour l'aider à sortir la tête de l'eau. Moi, la société, je la vois comme ça : une piscine. Si on n'a pas appris à nager, si on n'a pas de bons muscles ou à tout le moins une bouée, on boit la tasse. Une fois, on peut encore réagir et fuir ce qu'on a vu de trop près. Deux fois, c'est foutu. On ne fera plus jamais partie des nageurs. On est sous la ligne pour de bon. Ne croyez pas que je veuille prophétiser. Je dis simplement ce qui est.

Bref, les parents, dans ce cas-ci, ce sera très important. Comment ils vont l'engueuler, ou s'en foutre, ou s'effondrer. Ils vont devoir comprendre qu'il y a quelque chose qui ne va pas si leur fille a dû en arriver là. Soit ils sont trop durs avec elle, soit elle est perturbée par une situation difficile (divorce, décès, que sais-je) et elle essaie d'attirer l'attention sur elle. Un appel au secours, disent les psychologues. Pour démêler ce sac d'embrouilles lorsqu'il s'agit de mineurs, j'envoie le tout à une psychologue spécialisée. Elle s'entretient avec les jeunes avant de parler aux parents dans un sens qui va les aider à rétablir le dialogue, etc. L'efficacité n'est pas garantie, mais disons que ça ne peut pas faire de tort. Souvent, les parents prennent plus au sérieux les difficultés de leur progéniture quand on leur explique que ça porte des noms scientifiques. Pour l'instant, la psy est occupée avec la petite. Espérons qu'elle parviendra à en tirer plus que moi.

3

La victime

Cette fille était derrière moi dans la file au bureau de poste. Jamais je n'aurais pensé à me méfier d'elle. Je l'ai remarquée parce que, il faut l'avouer, elle a un physique qui se remarque. Une Lolita, si vous voyez ce que je veux dire. J'ai retiré une grosse somme d'argent (quand le guichetier compte ostensiblement et à haute voix les billets sous votre nez, que faut-il faire, le rabrouer?) et je suis sortie alors qu'elle était encore loin dans la file. C'est pourquoi j'ai trouvé curieux de la revoir deux rues plus loin, pendant que j'étais en arrêt devant l'étal d'un épicier. Elle m'avait suivie, évidemment, mais je ne me doutais encore de rien. Elle s'est arrêtée aussi et a fait mine de comparer des barquettes de fraises. Comme je tendais le bras droit pour saisir un melon, elle s'est précipitée pour attraper la bandoulière de mon sac sur mon épaule gauche et l'a arraché d'un coup sec avant de partir au galop. Mon sang n'a fait qu'un tour. Cet argent gagné à la sueur de mon front n'allait sûrement pas profiter à une petite crapule. Elle allait voir sur qui elle était tombée.

Elle ne pouvait pas savoir que je cours un minimum de trente kilomètres par semaine. J'aurais parié n'importe quoi, malgré ses vingt ans de moins, qu'elle n'avait pas la moindre forme physique. On ne les trouve que devant la télé, ces créatures-là. C'est mignon, c'est frais, mais ça a tout juste un tonus et un mental de larve. Donc, je me suis lancée à sa poursuite, et il n'a pas fallu cent mètres pour que je la sente faiblir. Je vous l'avais bien dit.

La scène avait quelque chose de surréaliste parce qu'elle était totalement silencieuse. La fille galopait tant qu'elle pouvait, agrippée à mon sac et se retournant fréquemment pour constater, visiblement surprise, que je la suivais toujours. De mon côté, je courais sans proférer un seul cri ou appel à l'aide, uniquement concentrée sur mon souffle. Dans la vie, je n'ai jamais compté que sur moi-même. Je sais ce que je peux et ce que je ne peux pas faire, et j'adapte mes projets en conséquence. J'avais décidé de donner une leçon à cette petite conne – puisque ce ne sont plus les parents qui en donnent – et je n'avais besoin de personne pour m'aider. Donc, nous jouions une scène curieuse, nous poursuivant à toute allure mais en silence. Les gens qui nous ont vues passer ont dû s'interroger. On ne court jamais comme ça que pour attraper un train, et encore, mais nous n'étions pas à proximité d'une gare.

Je l'ai finalement rattrapée à l'angle d'une rue terminée par une palissade, contre laquelle je l'ai plaquée à deux mains pour lui filer un coup de genou dans le pubis, ça marche avec les femmes aussi. La grimace qu'elle a faite ! Les cours de self-defense n'auront pas servi à rien. En deux secondes elle était au sol, pliée en deux, et je n'avais plus qu'à shooter partout où je pouvais l'atteindre, pour bien lui faire comprendre mon point de vue sur son éducation. Elle couvrait son visage à deux mains, mais je l'ai eue aux oreilles et ça pissait le sang. Le début de notre règlement de comptes s'est déroulé en silence, mais ensuite j'ai senti qu'il fallait fournir quelques indices aux passants qui s'étaient arrêtés sur le trottoir d'en face, sans quoi ils risquaient de me prendre pour l'agresseur. Comme la fille commençait à pousser des gémissements déchirants, croyant sans doute attendrir l'assistance, j'ai assorti mes coups d'un sermon bien senti. Quelque chose comme : « Alors c'est ça, on vole l'argent des gens qui travaillent ! C'est facile, hein, y a qu'à se servir ! C'est tout ce que tu as trouvé, pauvre cloche, tu crois que tu vas t'en tirer comme ça, que les gens vont se laisser avoir ? Eh bien tu vois, c'est pas ce que tu crois, on peut tomber sur un os. T'as compris ? T'as compris où ça mène de tricher ? »

Il fallait au moins qu'elle comprenne une chose : il ne suffit pas d'avoir une belle carrosserie pour faire son chemin dans la vie.

Un attroupement s'était formé, toujours sur le trottoir d'en face, mais personne n'osait intervenir. C'est quand j'ai cessé de frapper qu'un homme a lancé : « Arrêtez, maintenant, vous voyez bien qu'elle a compris. » C'est ça, toujours prêts à jouer les mouches du coche, ces mecs. Une voiture de police, attirée par l'attroupement, s'est arrêtée à notre hauteur. Je me suis dirigée aussitôt vers les agents sans attendre qu'ils s'extraient de leur véhicule et qu'ils demandent bêtement ce qui se passe (vraiment, vous auriez le temps de trépasser une bonne douzaine de fois avant que ces abrutis-là soient opérationnels). J'ai expliqué que je venais de me faire dérober mon sac, que j'avais intercepté la voleuse et que je souhaitais déposer plainte. L'agent m'a regardée avec des yeux ronds.

— C'est votre, euh... c'est la voleuse qui se trouve là par terre ?

— Oui.

— Et c'est vous qui l'avez mise dans cet état-là ?

— Bien sûr. J'ai dû insister pour récupérer mon sac. Légitime défense.

Misère, ces fonctionnaires ! Il faut toujours tout leur expliquer. Ce que ça peut me taper sur les nerfs ! Ils sont allés relever la fille qui pleurnichait comme un chiot et nous sommes tous partis au commissariat de police où j'ai fait entendre ma façon de penser. Il ne s'agirait pas qu'ils la relâchent comme si de rien n'était. Déjà que j'ai fait tout le travail pour eux. J'espère qu'ils sauront au moins la garder à l'ombre un bon moment et qu'elle se souviendra de la leçon.

4

La mère

Oh, j'ai cru que je n'y survivrais pas. Ma fille disparue. Est-ce que j'aurais jamais pu imaginer le choc ?
Le sentiment d'impossible, et même d'absurde ? Si on
vous disait que votre poumon a disparu, est-ce que
vous pourriez le croire ?

J'étais plongée en plein délire, sauf que ce n'était
pas moi qui hallucinais, mais le monde autour de
moi. Il était devenu fou, le monde, d'un seul coup,
comme une horloge qui se détraque et qui indique
n'importe quoi.

Hermann a voulu s'adapter, écouter cette folie et
tâcher d'y répondre, mais moi je ne pouvais même
plus entendre quoi que ce soit. Je ne suis pas de ce
bois-là. Je ne deviens pas folle avec les fous. J'attends que la fièvre tombe. J'hiberne en attendant.
Pendule arrêtée contre pendule détraquée. Je n'ai
pas choisi délibérément. Je n'ai pas pu faire autrement.

Et puis, enfin, le coup de fil du commissaire pour
remettre toutes les pendules à l'heure. J'ai failli lui
demander pourquoi il avait attendu si longtemps,
comme si c'était lui qui retenait Marion depuis le
début. Mais il expliquait déjà trop de choses que je me
fichais de savoir maintenant. Au diable les détails. Je
l'ai interrompu.

— Où est-elle ? Où est ma fille ? Je viens la chercher immédiatement.

Hermann est arrivé au plus vite et nous avons couru au commissariat, le cœur débordant d'allégresse, ce qui est tout de même bizarre : on aurait pu nous apprendre n'importe quoi, nous exultions parce que Marion était vivante. On nous rendait notre fille, c'est la seule chose que nous pouvions envisager à cet instant. Elle aurait été en prison, à l'hôpital ou au plus profond de l'enfer, nous nous y serions précipités avec le même bonheur béat, celui des ressuscités.

Le commissaire nous a reçus dans son bureau pendant que Marion terminait un entretien avec la psychologue. Je ne pensais qu'à la serrer sur mon cœur, mais il nous a demandé de patienter un peu, de ne pas nous inquiéter, elle était saine et sauve, bien que contusionnée. C'est alors seulement que je me suis autorisée à imaginer ce qui avait pu se passer pendant ces deux jours. Contusionnée ? Pourquoi ? Comment ? Qui avait pu porter la main sur ma fille ? Le commissaire nous a expliqué qu'on avait récupéré Marion alors qu'elle se faisait administrer une correction par une femme dont elle venait de dérober le sac. Nous sommes restés pantois. Marion, voler de l'argent ? C'était impossible. Il devait y avoir méprise. Le commissaire soupira. Les faits étaient clairs et Marion les reconnaissait entièrement. Ce qu'il importait de savoir, c'était pourquoi elle en était arrivée là.

Il nous a interrogés un moment sur le comportement général de Marion, mais je lui ai dit tout de suite qu'en matière de problèmes il risquait d'être déçu. Marion incarne la réussite. Non seulement elle est bonne élève, mais dans sa classe elle joue un peu les meneuses. Toutes ses amies l'envient et tâchent de l'imiter. Elle a des opinions sûres et affirmées, ce qui la met au-dessus de la mêlée, de même que son physique épanoui qui lui est venu très rapidement vers l'âge de douze ans. À peine les premières règles arrivées, elle se transformait en Betty Boop. Bref, elle a été très précoce et cela seul suffirait à expliquer l'ascendant qu'elle exerce sur les autres.

Précoce, mais ça ne lui est pas monté à la tête. Elle est turbulente par moments, et contestataire, surtout avec les profs qui veulent la mettre au pas, mais le fond de son caractère est charmant. Le commissaire peut interroger qui il veut, tout le monde lui dira que c'est une fille formidable. Elle a le cœur sur la main, elle est joyeuse, elle ne profite pas de son aura pour faire l'intéressante. Elle nous respecte et elle nous aime beaucoup, son père et moi, et elle s'occupe souvent de son petit frère. Non, vraiment, je voudrais bien savoir comment le commissaire compte s'y prendre pour lui trouver des problèmes.

Il dit que c'est le rôle de la psychologue d'explorer les causes sous-jacentes à son geste et de nous aider à trouver des solutions ensemble. Qu'on me dise comment une psychologue qui voit Marion pour la première fois va découvrir des choses que je ne connais pas, moi qui l'ai mise au monde ! Mais il paraît que c'est une procédure indispensable si on veut éviter des sanctions qui risqueraient de compromettre l'avenir de Marion. Comme la victime a porté plainte et que Marion reconnaît les faits, le juge des mineurs peut prononcer l'envoi en maison de correction. Non mais je rêve ! Une fille brillante comme elle, en maison de correction ! C'est ainsi qu'on bâtit l'avenir dans ce pays ? Elle a commis un délit, me rappelle le représentant de l'ordre, d'un ton sentencieux.

Comme toujours, Hermann adopte une attitude plus calme et plus nuancée que la mienne. Il dit qu'il comprend fort bien, que la psychologue nous fournira certainement un éclairage utile et qu'on trouvera, à n'en pas douter, un moyen d'éviter la maison de correction. Marion est une fille sensée et positive, assure-t-il, qui a peut-être fait une erreur pour des raisons encore à éclaircir, mais qui sera prête à discuter et à entendre la voix de la raison. Le commissaire a eu raison de nous expliquer la situation car nous sommes maintenant conscients des enjeux et nous apprécions l'aide qui nous est proposée.

Hermann, je me demande parfois comment il fait pour m'étonner après tout ce temps, mais vraiment c'est l'homme le plus ouvert que je connaisse. Chaque fois que je m'apprête à juger quelqu'un et à le vouer à tous les diables, il trouve le moyen de comprendre l'individu et de m'expliquer en quoi il est digne ou pardonnable. C'est l'homme qui voit toujours le bon côté des autres, jusque chez le pire saligaud. Il arrive que ça m'agace, mais en général je l'admire parce que j'ai constaté que cela lui permet de faire effectivement apparaître les qualités des gens. Là où j'argumenterais contre quelqu'un, au risque de m'en faire un ennemi, Hermann va essayer de se mettre à sa place et de réévaluer la situation de son point de vue. C'est le champion de la conciliation. Je reste stupéfaite, parfois, de ce qu'il arrive à obtenir simplement parce qu'il a accepté de prendre les autres en considération. Donc, comme toujours, je m'en remets à sa sagesse et je me dis : oui, on va écouter ce que nous dit la psychologue, qui sait si elle ne peut pas nous aider. En tout cas, ça ne mange pas de pain, mais par pitié qu'on me rende ma fille.

5

La psychologue

Cette fille-là n'aurait pas dû tomber dans un trou.
Elle sait très bien ce qu'elle veut. Quand je l'ai vue, j'ai
senti tout de suite qu'il y avait quelque chose de grave.
Cette histoire de vol devait être l'arbre qui cachait la
forêt. Mais pour qu'elle parle, il fallait d'abord qu'elle
me fasse confiance. Et qu'elle me voie comme une
planche de salut. La difficulté, quand on travaille dans
un commissariat, c'est que l'on est immédiatement
assimilé à un organe de répression, alors qu'on veut
agir comme conseil, comme soutien, voire comme
thérapeute. Pendant tout le temps où je lui ai expliqué mon rôle, j'ai vu qu'elle me jaugeait comme un
rocher sur lequel on va prendre appui ou non. Et elle
avait grand besoin d'un appui, si j'en croyais l'inten-
sité de son regard. Quand le moment est venu de l'inviter à prendre la parole, j'ai proposé :

— Veux-tu parler du vol pour commencer ?

Elle savait ainsi que je n'étais pas dupe, mais que
nous pouvions nous arrêter sur ce nœud apparent,
même s'il n'avait qu'une valeur de révélateur. Elle
pourrait tester mes réactions et prendre pied dans la
conversation avant de s'aventurer en terrain délicat.
Après tout, elle était arrivée ici pour cette histoire de
vol, et c'est pour cela qu'elle serait interrogée si le juge
la convoquait. Elle a expliqué qu'elle avait vu cette

femme quitter le bureau de poste avec vingt mille francs dans son sac et qu'elle n'avait pas pu résister. Elle n'avait jamais volé avant et n'avait même pas prémédité son geste. C'est en voyant l'argent qu'elle en avait brusquement eu l'idée.

— Je me suis dit que d'un seul coup, un seul mauvais moment à passer, j'empocherais de quoi me dépanner pour longtemps. Mais il n'était pas question que ça devienne une habitude.

— Et que voulais-tu faire avec cet argent ?

— Je voulais quitter la France.

— Quitter la France, pourquoi ?

— Pour aller faire ma vie ailleurs.

— Tu as des problèmes avec tes parents ?

— Non, je m'entends très bien avec eux.

— Des problèmes au lycée ? Avec un petit ami ?

— Non, tout va bien.

— Alors pourquoi vouloir partir ?

— Je n'ai pas envie de rester ici, c'est tout.

— Je ne crois pas qu'on décide de quitter la France comme ça, en sortant d'une journée de cours et sans avoir rien préparé.

Elle hésita un moment, puis soupira :

— Disons que je me suis mise dans une situation difficile. Mais je ne veux pas en parler. Enfermez-moi pour le vol. Ce sera très bien comme ça.

Le premier mot était lâché, et aussitôt elle affirmait sa résistance. Il allait falloir travailler doucement, et sans doute par approches successives.

— Marion, on n'enferme pas les mineurs pour un premier délit de ce genre. Tout ce que tu risques, c'est la maison de correction.

— D'accord, eh bien envoyez-moi là.

Cette volonté d'encourir des sanctions était hautement significative. Elle est habituellement le fait de jeunes qui pensent avoir tout perdu et n'ont plus le moindre ressort pour se prendre en charge. Certains se suicident, d'autres se remettent entre les mains du système judiciaire, une autre façon d'en finir, à leurs yeux. Mais Marion ne donnait aucunement l'impression d'en être arrivée à ce point de découragement. Elle n'était ni faible ni égarée – plutôt acculée. Il y avait certainement un motif puissant derrière son attitude.

— Tu souhaites vraiment te retrouver dans un endroit pareil ?

— Ce sera plus simple que d'aller en Italie, visiblement.

— Mais ce sera beaucoup moins bien que chez toi.

— Chez moi, je ne peux pas y retourner.

Elle se raidit. Stop. Lâchons prise. Essayons autre chose.

— Est-ce que tu sais que tes parents te cherchent depuis deux jours ? Ils étaient très inquiets.

— Je ne voulais pas leur faire de peine, mais je n'avais pas le choix.

— Ils ne sont pas au courant de cette situation difficile dans laquelle tu te trouves ?

— Non.

— Tu as peur qu'ils te punissent ?

— Non, ils ne feraient jamais ça.

— Pourquoi ne leur as-tu rien dit alors ?

— Je ne veux pas leur faire de peine.

— Ils auraient de la peine s'ils savaient ?

— Sûrement, oui.

— Et tu ne crois pas qu'ils ont eu encore plus de peine de te croire disparue ?

— Je comptais leur donner des nouvelles une fois arrivée en Italie. Je connais des gens là-bas. Des amis de vacances. J'allais leur écrire pour leur dire que j'arrivais.

— Mais ça aussi, cela ferait beaucoup de peine à tes parents, si tu allais vivre loin d'eux.

— Sans doute, mais pas autant que de…

— De… ?

— Oh, c'est impossible de leur parler de ça. Ils sont à des années-lumière du monde où je vis. Comment voulez-vous que je leur explique ce dont ils n'ont même pas idée ?

Je sentais qu'elle devenait nerveuse, envisageant pour la première fois de se décharger de ce poids qu'elle semblait épuisée de porter. Elle avait voulu assumer sa situation seule, mais l'exercice devenait impossible. Cette arrestation était sans doute l'occasion qu'elle avait cherchée, sans se l'avouer, de mettre fin à une angoisse qui l'étouffait. Mais la « situation difficile » où elle se trouvait n'était elle-même que l'indice manifestant un traumatisme ou un conflit bien plus ancien. Cette analyse indispensable, nous ne pourrions même pas l'aborder aujourd'hui. Il fallait d'abord parer au plus pressé et démêler ses problèmes concrets. Était-ce vraiment aussi grave qu'elle se l'imaginait ? Une grossesse non désirée, par exemple, est souvent vécue par les adolescentes comme la fin du monde, alors qu'il existe des solutions. On en voit qui se suicident par peur d'affronter leurs parents, sur quoi ceux-ci gémissent qu'ils auraient tout pardonné, si seulement ils avaient su. Le cas des jeunes séropositifs, en revanche, est infiniment plus grave. Se pouvait-il qu'elle en soit là ?

— Tu sais, tu es peut-être en train de dramatiser la situation. Tes parents préfèrent sûrement connaître la vérité plutôt que d'être privés de leur fille.

— Je ne crois pas, non.

— Tu peux aussi m'en parler à moi, et que cela reste entre nous. Je te donnerai mon opinion et tu en feras ce que tu voudras.

Elle a détourné les yeux vers le mur pour réfléchir à la proposition. Son regard a erré un moment sur les affiches présentant les associations d'aide en cas de grossesse, drogue, viol, sida ou projets de suicide. J'ai enchaîné :

— Tous ces problèmes font partie de ce que je vois quotidiennement. Ce qui est insurmontable pour toi est peut-être quelque chose que je connais bien. Je pourrais te renseigner, t'éviter des angoisses inutiles.

Elle a répondu tout en gardant les yeux fixés sur le mur.

— Je ne vois pas d'affiche pour ça.

— Ça, quoi ?

Elle a soupiré d'un air fâché, comme lorsqu'on s'en veut à soi-même, puis elle a secoué la tête.

— Cette connerie dans laquelle je me suis fourrée.

Cette fois, elle allait parler.

6

Le frère

Y a eu tout un ramdam à la maison parce que Marion a disparu. Moi je sais pourquoi, mais j'ai fait comme si je savais pas. Marion, elle m'a tout raconté depuis le début en disant que j'étais intelligent et que je comprendrais, mais les parents devaient pas savoir parce que c'était trop compliqué pour eux. Au début, elle était très contente, mais elle disait que ça pouvait pas se raconter à tout le monde parce qu'il y aurait plein de gens pour l'empêcher. Alors elle en parlait seulement à Zoé et à moi, en nous disant de la boucler. Moi, je trouvais ça pas si terrible, ce qu'elle faisait, puisque tout le monde le fait, mais apparemment si. Ça se passait toutes les semaines et elle me racontait des fois comment c'était. Je trouvais super chouette d'avoir une sœur qui n'a pas peur. C'était comme une aventurière, même si elle sortait pas de la ville. J'étais content parce qu'elle sera toujours là pour explorer les choses avant moi et me dire comment ça marche. Elle a fait ça pour l'école, pour la piscine, pour le ski, pour les magasins de disques… enfin, partout où elle va je peux aller après, elle m'a déjà tout expliqué. Mes copains, ils trouvent que j'ai une sœur géniale parce qu'elle me laisse pas tomber. Elle dit pas: «T'es trop petit, tu comprends pas, va jouer. » Non, elle dit que c'est moi le plus malin, et que je dois montrer qui je suis parce que ça va pas venir tout seul comme les cadeaux à Noël. Elle, tout le monde sait qui elle est. Maman dit qu'elle est en avance sur son âge mais que les autres vont la rattraper. Moi je crois pas que les filles comme Zoé, ou Leïla, ou Mélissa pourront jamais rattraper Marion, même à cinquante ans.

Marion, c'est elle qui décide, et les autres suivent. Mais là, elle a fait ça pour elle. Peut-être qu'elle avait envie d'avoir quelque chose à elle toute seule justement parce que les autres la copient toujours. Elle a trouvé l'idée avec des garçons et elle a rien dit à personne, sauf à Zoé, parce qu'elle dit tout à Zoé. Alors au début elle avait l'air contente. Elle rentrait toujours plus tard le jeudi soir et elle disait pas pourquoi. Papa et maman voyaient rien, ou bien ils pensaient qu'elle avait cours plus tard. Papa, d'ailleurs, il est pas souvent rentré à cette heure-là, ça dépend de son boulot. Maman, elle travaille à la maison, alors elle pourrait savoir, mais elle a pas fait attention que le jeudi Marion finit à trois heures et pas à cinq heures. Ou bien c'est Marion qui a jamais dit exactement. Enfin, chaque semaine, ça faisait deux heures où elle disait pas ce qu'elle faisait. Le soir, oui, si elle sortait, elle disait où elle allait.

Au bout d'un temps, elle me racontait plus beaucoup. Elle rentrait toujours en retard, mais elle faisait plus un clin d'œil pour dire que ça y était. Si on était seuls, je demandais : « Alors, t'as été ? » Elle répondait : « Oui, oui », comme si c'était la même chose que d'aller au supermarché. « Et alors, c'était comment ? » Et là, elle était moins emballée. Elle disait : « Pfff, moyen. » Ou bien : « Comme d'habitude. » On voyait bien que ça l'amusait plus, et c'est dommage, parce

que c'était quand même une bonne idée de quelque
chose de spécial, et si ça devenait pas spécial, alors
c'était plus tellement la peine. Un jour j'ai demandé :

— Pourquoi tu continues ?

Elle a dit :

— Je voudrais bien le savoir. Mais je suis pas sûre
de pouvoir arrêter.

— Pourquoi ? C'est comme la cigarette ?

— Non, c'est comme l'armée, ou l'école : on t'oblige
à rester.

7

La meilleure amie

Ça y est. La voilà absente de l'école et ses parents ne savent même pas où elle est. Ils ont téléphoné chez moi mardi soir pour demander si je l'avais vue après les cours, mais pour ce que j'en savais elle était partie vers le métro comme d'habitude. Ce n'était même pas « son jour », mais je suis sûre que c'est à cause de ça qu'elle a disparu. Je savais bien que ça allait mal finir, cette histoire. Au début, elle faisait la fière et tout, mais après quelques mois, elle avait bien changé de chanson. Elle disait que ça devenait un cauchemar, mais qu'on ne voulait pas la laisser partir. Si elle avait commencé, elle devait continuer.

Marion a toujours été championne pour expérimenter. On dirait qu'elle veut tout vivre à la fois, même ce qui ne s'impose pas. Je l'admire, mais parfois elle me fait peur. On s'est rencontrées à l'école à l'âge de six ans et depuis on ne se quitte plus, mais je ne fais pas la moitié de ce qu'elle fait. Elle a besoin d'essayer tout ce qui passe à sa portée, pour voir ce que c'est. Elle dit qu'elle contrôle la situation, et c'est vrai qu'en général elle a l'air d'y arriver. L'année passée, elle a fumé des joints avec un type qui se vantait d'en avoir. Je lui ai dit qu'elle était folle de mettre le pied là-dedans, avec toutes les histoires qui se passent dans les écoles, l'accoutumance, l'argent. Elle m'a dit :

«Tu ne crois pas que je me suis renseignée ? L'herbe, c'est pas dangereux. Toi, tu écoutes les médias et tu crois tout ce qu'ils racontent avec leurs grands couplets alarmistes et leur façon de tout mettre dans le même sac. Il y a les drogues dures, addictives, et je n'y toucherai jamais. Mais l'herbe, c'est différent. Ça te rend juste euphorique, comme l'alcool. Et il n'y a aucune dépendance. En plus, je n'ai pas l'intention d'en acheter. Je fumerai juste ce que Kevin me filera et c'est tout.» Elle a fait comme elle a dit, et quand elle n'a plus vu Kevin, elle n'a plus fumé de joints. Elle a dit que c'était très gai mais qu'elle ne voulait pas en acheter. Si on lui en offrait, elle en prendrait à l'occasion. Ça c'est Marion, elle assure.

Alors quand elle m'a parlé de son idée, j'ai espéré qu'elle savait aussi où elle allait, mais ça ne me semblait pas très prudent quand même. J'ai fait ce que j'ai pu pour la dissuader, ça je peux le jurer. Moi aussi, j'aimerais bien avoir plus de quatorze ans, mais ce n'est pas une raison pour devenir prostituée ou strip-teaseuse. Je suis sûre que ce ne serait pas difficile, mais on risque de tomber sur des trafiquants de femmes ou je ne sais quoi ! J'aime autant sortir avec les mecs qu'on a sous la main, même si ce n'est pas brillant, en attendant d'avoir accès à quelque chose de mieux. Marion, elle dit : « Mais on est connes de rester dans notre petit milieu comme des poissons rouges en bocal. Il suffit d'aller voir ailleurs. »

C'est vrai qu'au lycée on s'ennuie à crever. Les cours se traînent, les profs passent leur temps à essayer d'obtenir le calme et quand on est plus ou moins prêts à commencer à travailler, la fin du cours sonne et on peut tout ranger. Les profs qui donnent deux heures de suite ont un petit peu plus de chances d'y arriver, mais dans ce cas-là on chahute deux fois plus. Marion et moi, on se raconte tout ce qu'on va faire quand on sera sorties d'ici, mais ça ne suffit pas toujours à remplir la journée. On parle aussi de ce qu'on a vu à la télé, des nouveaux CD qui sont sortis, de l'ennui à la maison, enfin bref, vivement qu'on soit adultes !

Maintenant, je suis morte de frousse à l'idée de ce qui a pu lui arriver. J'espère qu'elle n'est pas séquestrée quelque part dans une cave. Elle s'est peut-être seulement sauvée de chez elle. Mais je ne comprends pas pourquoi elle ne m'aurait pas prévenue. On s'était juré qu'on se dirait tout, absolument tout. Il a dû se passer quelque chose de grave, ce n'est pas possible autrement. Si jamais elle a été tuée, je m'en voudrai toute ma vie. Mais comment prévoir que ça allait tourner aussi mal ? Et comment l'empêcher, surtout ? Je l'entends encore : « Te fais pas de bile, c'est juste pour m'amuser. Qu'est-ce que tu veux qu'il m'arrive de plus que ce que je veux qu'il m'arrive ? » Eh bien voilà ce qui arrive : disparue, envolée, plus de Marion, la directrice toute fébrile qui vient nous interroger, les profs perturbés, les élèves qui chuchotent et moi, sa meilleure amie, sans l'ombre d'une information. Et ce n'est pas en allant raconter tout ce que je sais que je ferais avancer quoi que ce soit. Je ne connais aucun nom. Elle-même ne les connaissait pas. Et les lieux, c'étaient des lieux pour ainsi dire publics, quoique déserts, un peu n'importe où, chaque fois différents pour brouiller les pistes. Ah, ce sont des malins, ces types. Quand ils tiennent quelqu'un, ils le tiennent bien, mais pour les coincer eux, c'est une autre histoire. Franchement, je crois que ce n'est même pas la peine d'essayer.

8

Le père

Le commissaire a été très courtois et compréhensif, à cent lieues de ce qu'on imagine habituellement pour un commissaire de police. Comme quoi les représentations courantes créent des préjugés complètement stériles. C'était un plaisir de l'entendre exposer la situation avec discernement et nuance. Comme si nous trouvions par miracle un allié dans la place – place inquiétante où nous étions projetés bien malgré nous, Iris et moi.

À la fin de l'entretien, il a donné un coup de fil pour savoir où en était la psychologue. Quelques minutes plus tard, celle-ci est venue nous chercher, disant qu'elle désirait nous parler. Je voyais qu'Iris commençait à s'impatienter.

— Quand pourrai-je voir ma fille ?

— Dans un instant, rassurez-vous. Mais il vaut mieux que je vous mette au courant de certaines choses.

— Qu'est-ce qu'il y a ? Elle est blessée ?

— Non, elle va bien, à part quelques hématomes. C'est plutôt qu'elle a peur de vous parler elle-même.

— Peur ? Ce serait bien la première fois. Nous ne l'avons jamais brusquée. Jamais. Nous pouvons tout entendre.

— Bien sûr, mais ce n'est pas pour autant qu'elle peut tout vous dire. Venez par ici, je vous en prie. Nous serons plus à l'aise dans mon bureau.

Nous avons suivi la jeune femme à travers les méandres des couloirs. Elle était simple et directe, souriante, habillée en jeans et sans maquillage – un style de nature à susciter la confiance et la sympathie. Elle nous a regardés avec la plus grande franchise.

— Je viens d'avoir une longue conversation avec Marion. Elle a fini par m'expliquer les raisons de son comportement bizarre, mais elle est extrêmement anxieuse de la peine ou de la déception que cela pourrait vous causer.

— C'est assez incroyable ! Marion nous a toujours parlé très librement. Nous ne sommes pas du tout autoritaires. Au contraire, je crois que nous nous montrons toujours ouverts à la discussion.

— Effectivement, elle m'a dit qu'elle s'entendait très bien avec vous. Mais elle a été retenue par la peur de vous heurter. Au début, elle ne m'a parlé qu'à la condition expresse que tout cela reste entre elle et moi. Sa résolution initiale était de résoudre son problème toute seule. C'est seulement parce que son plan a échoué qu'elle s'est résignée aujourd'hui à en parler. Mais cet aveu la plonge dans un état de choc.

— Mais enfin, de quel problème voulez-vous parler ?

— J'ai peur que vous ne soyez pas préparés à ce que je vais vous expliquer. Pardonnez-moi cette question un peu directe, mais que savez-vous de la vie sexuelle de votre fille ?

Iris et moi, nous nous sommes regardés, interloqués. Sans doute les soupçons les plus fous déboulaient-ils dans sa tête en même temps que dans la mienne. J'ai parlé pour nous deux, car tout ce qu'Iris savait, je le savais aussi.

— Eh bien, rien de plus que ce qu'elle nous en a dit. C'est-à-dire que les garçons de sa classe ne l'intéressent pas. Ils sont trop cons, comme elle dit. C'est vrai qu'à cet âge-là les filles sont souvent plus mûres que les garçons. Elle est sortie avec l'un ou l'autre et a conclu que ça ne valait pas tout le foin qu'on en fait.

— Pensez-vous qu'elle soit toujours vierge ?

Nouvel échange de regards perplexes, avec Iris.

— Ma foi, nous n'en savons rien. Elle ne nous a pas dit avoir sauté le pas. Mais il n'est pas impossible que par l'expression « sortir avec », elle ait voulu indiquer une première expérience sexuelle. Elle a aussi ses zones de pudeur, et nous respectons entièrement ce réflexe de protection. On a parfois besoin d'être seul pour digérer certains événements. Mais très franchement, je suis sûr que si cela lui avait posé de graves problèmes, elle nous en aurait parlé. Si elle avait eu besoin d'aide ou de conseils, elle n'aurait pas hésité car c'est ainsi que nous avons toujours fonctionné.

— Votre sentiment est légitime et le climat de confiance que vous avez réussi à instaurer avec Marion est tout à fait remarquable. Elle m'a répété à plusieurs reprises combien vous étiez ouverts et compréhensifs avec elle, et je peux vous assurer que c'est un discours qu'on entend rarement dans la bouche d'une adolescente. Je dois toutefois attirer votre attention sur le fait que le sujet du sexe est de très loin le plus difficile à aborder avec ses parents, même dans les familles les plus ouvertes et tolérantes. Et vice versa, d'ailleurs. La vie sexuelle des parents est dans la très grande majorité des cas inconnue des enfants et ressentie comme incommunicable par les parents. Il y a un cloisonnement naturel et culturel très puissant qui sépare l'activité sexuelle des générations dans une même famille. Il n'est donc pas anormal ni surprenant que Marion ait buté sur cette barrière et évité de partager avec vous ses expériences, contrairement à la façon dont elle procède par ailleurs.

La psychologue a marqué une pause, sans doute pour nous laisser intégrer l'information que son discours sous-entendait : nous ne savions rien des expériences sexuelles de Marion.

J'imagine qu'il n'est jamais facile d'accepter l'émancipation de ses enfants mais, dans le cas de Marion, ce n'était pas du tout sa précocité qui me troublait. Après tout, j'avais jeté ma gourme à peu près au même âge, et je m'étais toujours promis de laisser à mes enfants une totale marge de liberté dans ce domaine. Non, ce qui me peinait malgré tout, c'est qu'elle ait jugé nécessaire de nous cacher une chose que nous ne pensions lui interdire en aucune manière. Pour moi, il s'agissait d'une trahison ou d'une ingratitude, considérant la confiance que nous avions voulu lui offrir comme un cadeau des fées penchées sur son berceau.

La confiance est ce qu'on donne si peu aux enfants, alors que c'est ce dont ils ont le plus besoin pour grandir, dans tous les sens du terme, autant que les plantes ont besoin de soleil. Sans doute avais-je présumé de ce que l'on peut attendre en retour, et cette jeune psychologue me rappelait très justement qu'il reste des barrières infranchissables. Soit. Ce n'était pas un drame. J'aimais Marion tout autant avec cette part d'ombre inattendue. C'est Iris qui a repris la conversation.

— En quoi les expériences sexuelles de Marion sont-elles liées à cette fugue et à cette tentative de vol ?

— Il faut reprendre les choses au début. Le vol n'est que l'acte désespéré qui clôture un long cheminement.

La jeune femme s'est levée pour aller fermer la fenêtre donnant sur la rue. Le silence qui a suivi rendait encore plus redoutable le moment où elle allait rentrer dans le vif du sujet.

— D'abord, Marion ressent le besoin de connaître une expérience sexuelle complète, car elle est impatiente de devenir adulte. Elle est précoce, elle est douée, l'enfance lui paraît loin, l'école l'ennuie mais elle en a encore pour longtemps et elle aspire à autre chose. Est-ce que vous la reconnaissez dans ce portrait ?

— Oui, elle râle fréquemment contre tout ce qui la retient en arrière. C'est une fonceuse.

— Bien. Donc, elle voit une occasion de faire un grand pas en avant en s'émancipant dans le domaine du sexe. Mais, comme vous l'avez dit, les garçons de sa classe ne l'intéressent pas. Elle veut une expérience plus « adulte ». Elle se sent prête à faire des choses que la plupart des filles de son âge n'oseraient pas envisager. Elle cherche à mettre du piquant dans sa vie.

— Et… ?

— Et un jour elle tombe sur une proposition qui lui paraît formidable.

— Une proposition ?

— Oui. Dans une soirée, elle rencontre un garçon qui lui parle de pratiques en vigueur chez des amis à lui. Des hommes de vingt ans, dit-il. Le système qu'il lui décrit est connu sous le nom de « tournante ».

La jeune femme s'arrête un moment pour nous laisser réagir, mais nous sommes incapables de parler, Iris et moi. Ce mot est tombé dans notre tête comme une enclume. Il évoque tellement de choses effrayantes que, pour la première fois, je me demande si nous avons vraiment intérêt à en savoir davantage. La psychologue reprend prudemment :

— Vous connaissez le principe des tournantes ?

Nous secouons la tête tous les deux, le regard déjà fixe et dur comme du plâtre.

— Il s'agit d'un groupe d'hommes ou de garçons qui « se partagent », en tournante, des filles qu'ils recrutent et utilisent comme objets sexuels.

Elle pourrait aussi bien parler au mur. Nous ne bougeons pas plus que des statues tandis que chaque mot fait son quota de ravages dans nos têtes, comme une avalanche que plus rien n'arrêtera. Cette fois-ci, la psychologue ne reprend pas la parole. Elle attend que nous sortions de notre torpeur. Un long soupir me ramène à la vie.

— Vous voulez dire que Marion a participé à ce genre de… ?

— Oui.

— De son plein gré ?

— Oui.

— C'est elle qui vous l'a dit ?

— Oui.

Je n'arrive pas à y croire. Ma fille que nous voyons tous les jours, qui vit sous notre toit, qui est joyeuse, gentille, agressive parfois, impatiente c'est vrai, mais surtout dégourdie, généreuse et loquace, a-t-elle vraiment vécu des scènes pareilles sans rien en laisser transparaître ? Un flot de questions traverse ma tête, si violent que je ne parviens à en formuler aucune. Pris de désarroi, je me tourne vers Iris, ma compagne, la femme qui a illuminé pendant vingt-cinq ans chaque jour de ma vie et chacune de mes pensées. Ses épaules ont commencé à trembler. Elle se mord les lèvres, puis se recroqueville et se laisse traverser de hoquets silencieux. Je me précipite pour la prendre dans mes bras. On vient de retirer le sol sous ses pieds, et elle n'a plus la force de protester ou d'interroger. Elle ploie, courbe la tête, s'écroule sur mon épaule et sanglote. Aussi perdu qu'elle, je reprends pied pour elle. Être cette épaule dont elle a besoin, c'est tout ce qui me rassemble en ce moment. La psychologue reste silencieuse, respectant notre choc, mais sa nervosité est lisible dans les mouvements de ses doigts qui triturent les anneaux de ses bagues. Pendant que je berce Iris effondrée, elle soutient mon regard avec humanité et je lui suis reconnaissant de m'offrir le seul lien possible avec le monde des vivants en ce moment. Iris se calme peu à peu, mais reste figée dans sa prostration, comme si le moindre mouvement devait la disloquer. Sans relâcher mon étreinte, je reprends une chaise et suggère tout doucement à la psychologue:

— Dites-nous ce que vous savez.

Nous regardons tous deux Iris. Elle ne s'y oppose pas.

— Marion a été séduite par le récit que lui a fait le jeune homme. C'était quelque chose qui sortait de l'ordinaire, qui non seulement lui donnerait accès au sexe, mais en plus avec des partenaires multiples et expérimentés. Elle se voyait propulsée d'un coup dans les pratiques les plus raffinées de l'âge adulte. Elle a dit que ça l'intéressait, et le garçon lui a expliqué en détail les règles du jeu. Chaque semaine, elle recevrait une indication de rendez-vous où elle devrait se rendre pour rencontrer un homme qui aurait le droit de... comment dire... d'user d'elle comme bon lui semblerait. Elle ne pourrait rien refuser ni poser aucune question. Marion a accepté. Les premiers rendez-vous ont été très excitants pour elle, parce qu'ils lui donnaient un sentiment de transgression, d'aventure, de liberté. Mais l'ivresse s'est progressivement dissipée. Elle a pris conscience qu'elle était utilisée comme un objet, elle a reconnu que la plupart des séances étaient désagréables et elle a voulu arrêter l'expérience. Ce qu'elle n'avait pas prévu, c'est qu'on ne la laisserait pas partir. On l'a menacée, on l'a forcée, et l'aventure excitante s'est transformée en cauchemar. Quand elle n'a plus pu supporter la situation, elle n'a trouvé qu'une seule solution, la fuite.

— Mais… depuis combien de temps cela durait-il ?

— Elle se rendait depuis six mois dans cette tournante.

Six mois ! Le bilan était encore plus terrible que je ne l'imaginais. Six mois de secret. Six mois de solitude au milieu de la tempête. Et combien de… c'est absurde, mais il fallait que je sache.

— Combien d'hommes a-t-elle connus sur cette période ?

— C'est difficile à dire. Ils portaient des cagoules pour éviter d'être reconnus. Disons entre dix et trente.

Ce mot sordide, « cagoule », achevait de nous précipiter dans l'horreur. Je fis un gros effort pour en rester aux conséquences pratiques.

— Ce qui veut dire qu'on ne pourra pas arrêter les coupables ?

— Ils savent ce qu'ils font et ils sont très prudents, pour le cas où les filles voudraient porter plainte malgré les menaces. Elle n'a jamais su aucun nom, et les lieux changeaient tout le temps.

Le désastre était complet.

9

La mère

Quand la psychologue nous a conduits vers Marion, j'ai eu du mal à la reconnaître. Non qu'elle ait été défigurée ou méconnaissable, mais je venais de basculer dans un autre monde, et de là j'avais du mal à la voir. Sans oser lever les yeux vers nous, elle est venue se serrer contre moi et nous sommes restées longtemps enlacées sans parler, mais je ne savais pas qui j'avais dans les bras : ma fille, une étrangère, une victime ou un monstre. Quand je l'ai regardée attentivement, un peu plus tard, je ne l'ai pas reconnue non plus. Son visage était devenu dur et crispé comme un poing. Je l'avais déjà vue triste ou fâchée, mais là c'était… effrayant ! C'était la combinaison du désespoir, de la peur et de la rage, l'expression qu'on doit avoir quand on va sauter d'un pont. Et pour moi, retrouver ma fille en sachant qu'elle s'était fait salir par vingt ou trente salopards, c'était comme de revenir chez moi après le passage d'un ouragan. On doute qu'il puisse y avoir encore quelque chose d'intact. On ne voit pas par quel côté on pourrait commencer à réparer les dégâts.

Encore une fois, Hermann a eu plus de présence d'esprit que moi. Il a d'abord pensé à la rassurer :

— Ma chérie, quel courage tu as eu ! Quelle épreuve tu as traversée. Ne crois pas que nous t'aimons moins.

Elle a éclaté en sanglots, et moi aussi, j'ai recommencé. La psychologue nous a laissés seuls. Mon Dieu, je ne voudrais pas faire son boulot. Des drames toute la journée, quelle horreur! Moi qui apprécie tant le calme et la sérénité. J'étais catastrophée comme je ne l'avais plus été depuis l'alerte à la méningite de Thomas. Je ne savais plus comment reprendre pied, m'établir dans la communication. C'est Hermann qui a poursuivi :

— Maintenant, tu as d'abord besoin de te reposer. Rien de plus n'est nécessaire aujourd'hui que de lâcher prise et de tâcher d'oublier. Nous allons rentrer à la maison.

Elle a reculé, très surprise.

— Comment, ils ne vont pas me garder ?

— Non, tu peux rentrer avec nous. Nous reviendrons voir la psychologue demain.

— Mais je ne veux pas rentrer. J'ai peur. Je ne veux pas retourner au lycée. Ils vont me tuer.

— Tu ne retourneras pas au lycée et personne ne te tuera tant que tu es avec nous. Demain nous chercherons une solution pour t'inscrire ailleurs. La psychologue nous a parlé d'un internat en province.

— Un internat ?

— Oui, pour t'éloigner d'ici. Qu'en penses-tu ?

Elle a semblé prise de court, comme si l'idée tombait du ciel et lui ouvrait de nouveaux horizons.

— Je... euh... oui, peut-être bien. Pourquoi pas, en fait ?

— On verra ça demain. Rentrons à la maison. Qu'est-ce que tu dirais si je faisais des crêpes de ma fameuse recette ?

— Non, papa, s'il te plaît, pas à la maison. Je voudrais aller ailleurs.

Hermann s'est tourné vers moi et a soulevé mon menton avec son index. Il voulait que je revienne

44

jouer ma part à ses côtés. Je dérivais, c'est vrai, vers une solitude désolée.

— Iris, mon amour, où pourrions-nous aller pour alléger le poids qui pèse sur notre fille ?

Je me suis mouchée avant de répondre, et cela m'a réveillée un peu.

— Eh bien, nous pourrions, euh… je ne sais pas moi… aller canoter au bois de Vincennes ?

J'avais dit ça sans réfléchir, un peu parce que c'était l'idée la plus absurde qui me passait par l'esprit. Marion a souri pour la première fois.

— Oh oui, quelle bonne idée ! Allons chercher Thomas à l'école et partons canoter tous les quatre. Après, on ira manger des tapas et puis on pourra dormir à l'hôtel, tous dans la même chambre. Vous êtes d'accord ?

Hermann a hésité une seconde, puis :

— Vendu. Ça me plaît, comme thérapie.

J'ai protesté un peu que nous n'avions pas prévu ce qu'il fallait pour passer la nuit, mais Marion n'a rien voulu entendre. Elle avait une frousse bleue de rentrer à la maison et Hermann a déclaré qu'on se débrouillerait.

Dans la voiture, chacun est resté plongé dans ses pensées. Quelque chose avait changé, depuis le choc des retrouvailles. Il y avait eu le sourire de Marion. Il y avait eu cette idée, tellement loufoque qu'elle en était réconfortante, d'une famille traumatisée, brisée par le coup, et qui s'en va canoter à Vincennes. Il y avait, derrière tout ça, peut-être l'espoir que la vie repartirait, pas comme avant mais quand même, puisque nous étions tous là pour la faire repartir. Immédiatement après cette bouffée de pensées positives qui a presque amené un sourire sur mes lèvres, je suis tombée sans transition dans l'épouvante causée par une image : ma fille violée par un homme cagoulé dans une cage d'escalier. Ou ma fille consentante. Je n'aurais su dire ce qui était le pire. Le cœur m'a manqué et ma respiration s'est emballée. Des questions élémentaires de mère ulcérée se bousculaient dans ma tête. « Mais bon sang qu'est-ce qui t'a pris ? Es-tu complètement folle ? Tu n'as vraiment pas du tout pensé à nous ? » Mais je ravalais tout, je fermais les yeux, je tâchais de chasser ce paquet de colère comme on chasse une nausée. Ne pas envenimer. Ne pas condamner. Ne pas culpabiliser. Penser seulement à l'avenir.

Je crois que c'est plus facile pour Hermann qui est naturellement positif. Il ne s'encombre jamais de ce qui ne peut pas aider à avancer. La rancœur, les regrets, la colère, la honte, il dit qu'il faut s'en débarrasser parce que ce sont des boulets. Même l'orgueil ou la fierté, souvent, ça ne fait que nous retenir, dit-il. On perd son temps à se contempler.

Je ne comprends pas comment il peut voir tout ça si naturellement. Il aurait fait un bon gourou, un guide spirituel. Il aide parfois les gens, mais je suis sa seule véritable élève. Et cette leçon-ci, c'est la plus terrible que j'aurai jamais à digérer, espérons-le. Donc, je fais tout ce que je peux pour chasser cette boule puante qui monte dans ma gorge. Je la dissous. Je la réduis aux dimensions d'un grain de poussière (je m'efforce de créer cette image dans ma tête) et je l'abandonne. Abandonner, le mot paraît si négatif, alors que ce doit être une libération.

Aller canoter, oui, pourquoi pas ? C'était peut-être la réponse idéale, parfaite, parce que totalement insensée. Je me souviens de cette histoire bouddhiste qui m'avait tellement frappée. On demande à un moine quel est le sens de la vie. Le moine réfléchit, puis se saisit de sa sandale, la pose sur sa tête, et s'en va ainsi coiffé.

L'absurde est parfois la meilleure réponse à une question inabordable.

Du fond de mon hébétude, aux prises avec un problème immensément trop compliqué, j'avais dû voir cette idée d'aller canoter comme une sandale à poser sur ma tête.

10

Le frère

Ils m'ont fait une surprise géniale. Ils sont venus me chercher à l'école tous les trois. Papa, maman et Marion, qui était retrouvée. Dès qu'elle m'a vu, elle a ouvert les bras et moi j'ai couru dedans, comme on fait quand tout va bien, et puis on s'est tenus longtemps très serré, plus longtemps que quand tout va bien. Papa a expliqué que Marion s'était enfuie parce qu'elle avait peur de quelqu'un qui lui voulait du mal. Il a dit qu'elle avait été très courageuse parce qu'elle ne voulait pas embêter la famille avec ses problèmes, mais que c'était mieux d'en parler quand même quand on avait des problèmes, parce que peut-être qu'eux, en tant qu'adultes, ils pouvaient nous aider. Pour Marion, on allait s'occuper de la protéger et elle ne devait plus avoir peur. C'était bien mieux comme ça que de s'enfuir et de ne plus jamais nous revoir. Marion a dit que oui, c'était beaucoup mieux, mais j'ai vu qu'elle avait encore peur. J'aurais bien voulu savoir si elle avait peur à cause des garçons qu'elle voyait, mais j'ai pas osé parler des rendez-vous parce que c'était pas très clair si papa et maman le savaient. Il valait mieux attendre pour parler seul avec elle, parce que si jamais je vendais son histoire, elle allait m'en vouloir à mort, vu qu'elle m'avait tellement dit de ne jamais en parler à personne.

Maman a dit que pour fêter le retour de Marion on allait tous canoter à Vincennes et j'ai sauté en l'air tellement j'étais content. Ça fait au moins un an qu'on y avait pas été et maintenant que Marion leur a flanqué la frousse, c'est eux qui proposent d'y aller. On s'est vite mis en route pour ne pas arriver trop tard. Dans la voiture, Marion me frottait parfois la tête. J'étais vachement content qu'elle soit de nouveau là. C'est vrai que c'est pas pour des histoires de rendez-vous avec des mecs qu'elle devrait s'en aller de la maison. Sauf si elle a trouvé un mec pour de bon, mais je crois pas que c'est ça le problème avec Marion.

À Vincennes, le monsieur a dit qu'il restait une heure avant la fermeture et papa a dit : « C'est parfait, on peut très bien canoter en une heure. » Il y en avait que deux qui pouvaient ramer, alors on a fait les grands d'abord et les enfants après. Quand c'était Marion et moi, on allait pas très vite. Papa et maman étaient assis en face de nous et papa a pris la main de maman dans la sienne, comme il fait souvent, mais maman avait pas l'air dans son assiette. On aurait dit qu'elle avait envie de se mettre à pleurer, mais elle a fermé les yeux pour rien montrer et elle a posé la tête sur l'épaule de papa. Papa m'a fait une petite grimace pour rire, puis il a pensé à quelque chose :

— Tiens, on ne t'a pas dit où on allait dormir ce soir ?

Je voyais pas ce qu'il voulait dire et j'ai arrêté de ramer, à cause de la surprise.

— On ne va pas rentrer à la maison parce que ça pourrait causer du tort à Marion. Elle risque de faire des cauchemars à propos des gens dont elle a peur en ce moment. Alors nous allons tous dormir à l'hôtel, ça lui changera les idées et ça nous fera une nouveauté. Qu'est-ce que tu en dis, Thomas ?

Je trouvais ça bizarre, mais j'ai fait semblant d'être emballé parce que ça sentait la menace sur l'atmosphère. Je me suis remis à ramer, sinon on allait rester là toute la nuit. Elle devait vraiment avoir très peur, Marion, pour se méfier de son propre lit.

Papa et maman voulaient l'aider, c'est sûr, et ils n'avaient pas l'air fâchés mais tristes, surtout quand ils ne parlaient pas. J'ai commencé à avoir peur aussi de ce qui menaçait Marion, même si je savais pas quoi. J'avais quand même besoin de renseignements. J'ai tourné la tête et j'ai demandé :

— T'as peur qu'un type vienne te casser la gueule ?

Elle a dit :

— Oui, c'est exactement ça.

Maman a froncé les sourcils mais elle a rien dit. Papa non plus.

Au restaurant, c'était très difficile de parler comme si c'était un jour normal. J'ai essayé avec mes histoires d'école et le coup de la punition qui est allée à Jamal alors que c'est Martin qui trichait, mais j'aimais pas l'impression comme si je jouais de la musique pour meubler. Ils souriaient un peu et c'est tout. Du coup je me suis dit : tout le monde pense qu'à ça, pourquoi on en parle pas ? J'ai demandé :

— Et demain, où est-ce qu'on va dormir ? Encore à l'hôtel ?

Papa s'est éclairci la gorge.

— On ne peut pas faire ça tous les jours. Mais comme il faut permettre à Marion de retrouver son équilibre, on a peut-être une solution qui est de la placer dans une école assez loin d'ici. Elle dormira là-bas et elle n'aura plus peur.

Putain, c'était grave. Changer d'école comme ça, boum, en milieu d'année.

— Elle va partir pour toujours?

— On ira la voir le week-end, ne t'inquiète pas.

— Et les écoles vont être d'accord?

— On va discuter avec la directrice du lycée. On lui expliquera que Marion est vraiment menacée. Tu sais que ta sœur est… euh… enfin il y a des types dangereux qui rôdent autour d'elle.

Donc, ils savaient, pour les rendez-vous. C'est ça qui les rendait si tristes. Pourtant Marion était sauvée. Et elle avait pas l'air spécialement blessée ou torturée comme quand on voit des victimes à la télévision. En tout cas, elle voulait plus des mensonges car elle a expliqué:

— Papa, ce n'est pas la peine de tourner autour du pot. Thomas est au courant.

Maman a bondi comme si elle se réveillait.

— Quoi? Tu as tout raconté à un gamin de onze ans?

Papa a posé la main sur son épaule, comme pour la fixer sur sa chaise après un coup de vent, et puis elle a mis elle-même sa main sur sa bouche pour s'empêcher de parler. Elle était blanche comme quand elle a vomi dans le bateau qui allait à Londres. Marion a dit:

— Oui, à Thomas je pouvais parler. C'est beaucoup moins grave pour lui que pour vous.

Papa et maman se regardaient tous les deux avec des yeux effrayés. Je savais pas si je devais sourire ou plonger dans mon assiette ou quoi. Marion a dit:

— Vous voyez bien qu'il n'en fait pas un fromage.

Maman gémissait:

— C'est bien ce qui est grave. Il va être complètement déboussolé. Lui raconter des trucs pareils comme si c'était normal!

Papa a dit:

— Iris, attends. Nous ne devons pas en arriver à ce que Thomas se sente coupable. Il a été admirable, au contraire, de rester loyal envers sa sœur.

Alors papa s'est adressé à moi spécialement et il a dit :

— Thomas, je te félicite. Tu as été très courageux et très chic avec ta sœur. Tu n'as rien à te reprocher.

Je trouvais un peu bizarre que papa me félicite alors que j'avais rien fait et que c'était quand même pas si difficile, mais bon il valait mieux comme ça. Maman ne parlait plus du tout et la suite de la soirée n'a pas été tellement gaie, sauf qu'on a dormi tous en slip et en T-shirt vu qu'on avait pas prévu les pyjamas, et pour la brosse à dents on en a acheté une pour tout le monde. Papa m'a pris sur ses genoux pour regarder un film à la télé. Maman dormait ou faisait semblant de dormir et Marion écoutait de la musique sur son walkman. Papa m'expliquait le western quand je comprenais plus qui était qui mais parfois il se trompait et c'est moi qui expliquais. Il riait en disant que j'étais plus malin que lui. Mais d'habitude, il est plus malin que ça.

Le matin, papa est parti avec Marion directement au lycée, et moi je suis retourné à la maison avec maman parce que j'avais besoin de mes affaires de gymnastique. Et là, c'est devenu terrible pour de vrai. L'appartement était complètement atomisé. Tout était par terre, les vitres en morceaux, les divans troués avec un couteau. On aurait dit qu'il n'y avait plus une seule chose entière. Maman est restée toute droite immobile devant le spectacle. Puis, elle a tourné les talons et elle a dit :

— Maintenant, ça suffit.

11

Marion

J'avais compté passer la soirée sous les verrous.
C'était le seul endroit qui m'aurait rassurée. Mais
pour ça, il aurait fallu tuer quelqu'un, j'imagine. Je
me suis retrouvée chez une psy, puis devant mes
parents. Et sans abri pour la nuit. Jeudi soir, j'étais
sûre que ça allait barder. J'étais assez prévenue que
si je manquais un seul rendez-vous… Maintenant,
je sais que c'était vrai. Mais qu'est-ce qu'ils auraient
fait si on avait été là ? Ils m'auraient tringlée sous le
nez de mes parents, avec un couteau sur ma gorge ?
C'est pas possible dans quelle merde je me suis fourrée. On me propose un truc, je dis d'accord, mais je
veux pouvoir arrêter quand ça ne me plaît plus. Ah
non, impossible. Quand t'es dans la tournante, tu
continues à tourner, comme si t'étais devenue une
bête ou même une chose qu'ils possèdent. Ça faisait
des semaines que je négociais pour sortir. Enfin,
négocier, c'est beaucoup dire, parce que la réponse
était toujours la même : des menaces. Et puis de
plus en plus de violence pendant la baise. La fois où
je suis venue en disant que je refusais, que c'était
fini, le mec a immédiatement sorti son couteau.
Il m'a prise dans le cul, je crevais de mal, avec son
couteau sur la carotide, et je suis sûre que ça l'a fait
d'autant plus jouir, cette ordure. Je suis partie en

hurlant que je ne viendrais plus, et il a ricané que j'allais le regretter très fort. Alors, rentrer à la maison jeudi soir, c'était du suicide.

C'est horrible ce qui est arrivé à l'appartement, mais maintenant au moins tout le monde est bien d'accord. Je n'ai pas exagéré : ces types sont fous. L'enquêteur ou le je-ne-sais-pas-quoi qui est venu examiner les lieux a dit qu'ils avaient tout fracassé avec une batte de base-ball ou bien une barre de fer. C'est en rentrant du lycée, papa et moi, qu'on a trouvé maman occupée avec la police. Elle était toute tremblante et fébrile, disant qu'elle ne voulait pas rester ici un jour de plus. Ce que je peux très bien comprendre, puisque moi non plus. Un truc pareil, ça pourrit toute la vie d'un coup. Thomas a manqué l'école parce que maman n'avait pas eu le courage de le conduire, et il ne savait pas trop où se mettre, le pauvre.

Papa a décidé que maman chercherait des amis pour nous héberger un jour ou deux, le temps de nettoyer tout ce foutoir, pendant que lui et moi on retournerait au commissariat de police du XIe pour discuter avec la psy au sujet de l'internat. Après, il s'occuperait des plaintes à déposer et de l'appartement à déblayer. Je commençais à me sentir très mal de tous les tracas que je causais. Papa risquait des ennuis avec son bureau qu'il avait quitté sans prévenir. Maman était traumatisée. Tout ça pour une histoire qui n'aurait dû concerner que moi. D'habitude, je me débrouille toujours toute seule. Merde.

Il ne faut pas croire que ce petit jeu m'a plu longtemps. On m'a trompée sur la marchandise. Moi, je partais pour des séances de sexe avec des partenaires chevronnés et je trouvais que c'était une bonne technique pour se bâtir une petite expérience. À une époque, on emmenait les jeunes garçons au bordel pour qu'ils se fassent la main, non ? Moi aussi, je voulais apprendre. On m'a dit que j'en verrais de toutes sortes, que je serais une super experte en sortant de là. Tu parles ! J'ai vu des types qui me bourraient précipitamment, sans s'occuper de moi pour un sou, ils ne voulaient même pas entendre le son de ma voix. Experte en viol, je suis devenue. Intérêt : zéro. Agrément : zéro. Et le risque ? Maximum, comme on peut le constater aujourd'hui. Ça pour me faire baiser, je me suis bien fait baiser. Jusqu'à l'os.

Mais le pire, c'est toutes les répercussions sur les autres. Ça, c'est vraiment dégueulasse. Même Thomas est en danger. Pour une seule bête idée que j'ai eue. Papa prend les choses plutôt bien. Il agit. Maman est plus difficile à cerner. Elle le suit, puis elle crise, puis elle panique. Je ne voulais vraiment pas leur infliger ça. Ils sont si cool avec nous. Et trop mignons quand ils roucoulent comme des amoureux. Ça va leur flanquer un sale coup dans leur petit ronron. Tout ça pour rien. Si ces connards avaient pu me lâcher, tout serait fini et je n'y penserais même plus. Juste un mauvais souvenir.

Putain, je leur ai quand même servi pendant six mois, ils pourraient laisser tomber. Non, il faut qu'ils rongent jusqu'au trognon. J'en suis malade. J'aurais peut-être dû penser sérieusement à me barrer en Italie. Mais ça n'aurait pas empêché qu'ils viennent à la maison et qui sait si, en ne me trouvant pas, ils n'auraient pas enculé Thomas à la place ? Finalement, il valait mieux que ça se passe comme ça.

La directrice a été plutôt sympa. Elle a dit que je pourrais revenir l'année prochaine, si tout se passait bien jusque-là, sans perdre une année. Mais revenir dans le bahut, j'ai vraiment pas envie. Elle croit peut-être que les mecs seront partis ? C'est par le lycée que je recevais tous mes rendez-vous. Sans jamais savoir par qui. Le mardi, je trouvais systématiquement un mot dans mon casier. Une adresse, un étage, un escalier ou un sous-sol. Le mec arrivait toujours derrière moi, il devait me guetter pour ne pas montrer sa cagoule aux passants (encore que dans ces endroits-là il n'y avait jamais personne), et il me poussait brusquement dans le réduit, ou dans la cave, ou contre le mur. J'ai bien pensé un jour filer l'adresse à la police, mais à quoi ça aurait servi d'en prendre un pour avoir tous les autres à mes trousses ? C'est là que j'aurais passé un sale quart d'heure. La seule et unique solution que je voyais, c'était de disparaître dans la nature. J'ai hésité longtemps, mais après le coup du couteau sur la gorge, je n'en pouvais plus. Et le mot du dernier mardi : « On va venir t'éclater la tête si tu te pointes pas. »

Disparaître, d'accord. C'est plus facile à dire qu'à faire. Je voulais partir tout de suite après les cours, sans passer à la maison. Ce mot m'avait foutu une trouille que je ne pouvais même plus camoufler. J'ai pris le métro jusqu'à Bastille. Je suis allée au bar où travaille Sergio, un mec sympa que je connais. Il pourrait être mon père, mais on s'entend d'égal à égal, quand on se voit une fois toutes les lunes. Il est un peu amoureux de moi, et du coup il est toujours bien disposé. Il ne m'a pas fait la morale, il m'a donné les clés de chez lui en me disant de rester aussi longtemps que je le voulais.

Les deux premières nuits, ça a été. Je me sentais en sécurité, mais c'était facile vu que je savais qu'il ne se passerait rien. Tant que je n'avais pas loupé un rendez-vous, il ne pouvait rien m'arriver. Mais jeudi, je n'ai pas pu imaginer rester là. Avec tous les types qui étaient dans la tournante et qui me connaissaient, c'était beaucoup trop risqué. Il suffisait que l'un d'eux me surveille depuis mardi (je ne pouvais même pas le reconnaître, moi), et jeudi à partir de seize heures il pouvait me tabasser comme il le voulait. Ou bien descendre chez Sergio avec ses collègues. Je me suis mise à baliser comme une folle et quand j'ai vu cette femme avec tout son fric à la poste (j'allais chercher des timbres pour écrire en Italie, en désespoir de cause), je me suis dit qu'il y a des gens qui n'ont vraiment pas peur de se faire attaquer, et soudain j'ai eu l'idée. Je lui pique son pognon, on m'arrête et je passe la nuit au poste. Là, au moins, ils ne pourraient pas venir me chercher. Je n'ai pas trop réfléchi au temps que j'allais y rester. Ça ne pouvait pas être des années, mais ce serait toujours assez pour traverser l'angoisse de cette nuit. Je me disais qu'en piquant un max j'avais une meilleure chance d'être prise au sérieux. La bonne femme n'était pas si vieille que ça, mais j'ai quand même dû ralentir pour qu'elle arrive à me rattraper. Les autres ne bougeaient pas. Tous les gens dans la rue qui me voyaient courir avec un sac manifestement fauché, ils se contentaient de me regarder, comme des vaches qui regardent passer un train. Ce que je n'avais pas prévu, c'est que cette pétasse allait me bourrer les côtes de coups de pied. Tout ça pour son fric. Alors qu'il y a tant de gens qui ont faim. Si j'étais SDF et que j'avais faim, je crois que j'aurais eu envie de la buter. S'accrocher à son pognon à ce point-là, il faut le voir pour le croire. On aurait dit que c'était son enfant que je lui avais pris. Moi qui charrie toujours mon père parce qu'il ne fait rien pour gagner du blé, j'ai vu à quel point c'était moche quelqu'un qui fait tout pour le garder.

Au poste, elle a fait un de ces cinémas, pénible à voir. Enfin, c'était bon pour mon cas alors je n'ai pas protesté. Malheureusement, tout ce qui s'est enchaîné après, je ne le maîtrisais plus du tout et j'ai horreur de ça. La psy, mes parents, ma remise en liberté, tout ça je m'en serais bien passée. Au moins, j'ai réussi à convaincre papa d'inscrire Thomas avec moi à l'internat. C'est pour lui que j'avais le plus peur. Le nombre de fois qu'on m'a dit : « Il paraît que tu aimes beaucoup ton petit frère ? » quand je faisais mine de vouloir partir. C'était vraiment trop dégueulasse. La psy a pensé tout de suite qu'il fallait le protéger aussi. Ces types-là ne rigolent pas. La petite visite d'hier soir a suffi à convaincre tout le monde. Elle nous a donné l'adresse de l'internat en disant qu'elle avait déjà pris contact pour nous et que c'était ok. On pouvait y aller tout de suite si on voulait. Elle allait juste prévenir pour Thomas. Alors on a fait nos bagages comme on a pu, avec ce qui n'était pas en morceaux, et on est partis tous les quatre vers la campagne. On a roulé deux heures. J'espère que ça suffira. J'ai fait promettre à la psy de ne donner cette adresse à personne, personne, jamais.

12

La directrice du lycée

Quand j'ai vu arriver Marion, avec son père qui mettait les pieds au lycée pour la première fois, j'ai su que j'avais des ennuis. Disparaître deux jours et revenir avec son père, quand on est débrouillarde comme elle, ça cache quelque chose de grave. Marion est turbulente, mais elle n'a jamais séché les cours. Comme forte tête, j'ai vu pire. Avec elle, il y a toujours moyen de négocier. Si on la traite comme une adulte, elle devient raisonnable et se radoucit. C'est l'arbitraire qu'elle ne supporte pas. Et l'ennui. Si on avait pu lui faire sauter une année, tout ça ne serait peut-être pas arrivé.

Donc, les voilà dans mon bureau, Marion étrangement calme, et le père visiblement nerveux. Il m'explique que Marion est devenue la victime d'une tournante organisée par des jeunes gens non identifiés et dangereux, et que la fugue lui était apparue comme la seule issue de secours, en dernière extrémité. Il n'imaginait pas à quel point c'était une mauvaise nouvelle pour moi aussi. Il voulait protéger sa fille, moi j'ai pensé immédiatement à toutes les autres, victimes potentielles... Une affaire comme ça, c'est le cancer qui s'introduit. On peut constater l'avancée des dégâts, on ne peut jamais coincer le mal. J'ai entendu ce qui s'est passé dans certaines banlieues. Les tournantes sont de véritables viols collectifs. Parfois à dix ou quinze sur la même fille. Marion aura donc été la première à nous précipiter dans ces horreurs. Une fille que je tenais pour prometteuse. Quel gâchis.

Il faut l'éloigner, bien sûr, tant pour elle que pour les autres. Ensuite, le premier réflexe serait d'étouffer l'affaire. De prétexter n'importe quel accident de santé ou familial pour expliquer son départ précipité, et pour le reste, motus et bouche cousue. Mais ce serait adopter la politique de l'autruche. Tôt ou tard, d'autres filles vont y passer. Les types sont là et ils vont recruter de nouvelles proies, cela ne fait pas l'ombre d'un doute. Quoi qu'il m'en coûte, je vais devoir affronter la réalité et mettre en garde toutes les filles, sinon ce sera pire. Je sens d'ici le vent de panique chez les parents, mais comment faire autrement ? Parler va les tuer, mais se taire reviendrait au même. La seule chose qui me rassure dans cette histoire, c'est que Marion affirme que les garçons ne sont pas des élèves du lycée. Elle les a rencontrés ailleurs et n'a jamais eu de rendez-vous dans le quartier.

Toute la journée, je l'ai passée à circuler dans les classes. Un quart d'heure par classe, en commençant par celle de Marion. Partout le même tableau de stupeur. Si un seul prof a jamais eu un auditoire aussi attentif, qu'il vienne me le dire. On entendait les estomacs travailler. J'aurais peut-être dû prévenir les profs, mais je n'ai pas voulu perdre une minute. Après le saccage chez les parents de Marion, je craignais que les coupables ne se mettent en quête d'une autre proie tout de suite. Ils en ont probablement plusieurs, d'ailleurs. Impossible de savoir quoi que ce soit, avec leur système verrouillé. Marion n'a jamais su si elle était seule, ni combien ils étaient, ni d'où ils venaient. Il fallait bien qu'il y ait quelqu'un pour mettre les mots dans son casier. Mais ça pouvait très bien être un petit frère. Voire une petite sœur.

Dans toutes les classes, j'ai fait passer le même message de méfiance absolue pour les filles, et le même avertissement de répression sévère pour les coupables ou pour tout garçon qui rejoindrait une combine du même genre.

Autant le silence accompagnait mes visites, autant un tollé suivait mon départ. Au bout d'une heure, la salle des profs ressemblait à une marmite sous pression. Ceux qui savaient expliquaient à ceux qui ne savaient pas encore. Chacun y allait de son interprétation, de son jugement sur Marion, de ses anecdotes provenant d'autres lycées. L'après-midi, tout le monde était déjà au courant avant que je n'arrive dans les classes, mais on m'écoutait toujours dans le calme absolu, sidéré de voir la rumeur confirmée par l'autorité elle-même. À la fin de la journée, l'école était en révolution.

Je ne sais pas si j'ai bien fait, mais c'est ce que ma conscience me dictait. Quant à la réputation du lycée, je préfère ne pas trop y penser. Le courage d'une directrice ne sera d'aucun poids face à la peur des parents.

13

La meilleure amie

On ne parle plus que de ça en classe. Marion par-ci, Marion par-là. Déjà qu'elle en imposait à tout le monde, mais alors maintenant... C'est comme si elle avait été sur la Lune. En plus, elle n'est pas là pour expliquer, donc ça part absolument dans tous les sens, ce qu'on raconte sur elle. Mélissa est même allée jusqu'à dire qu'elle savait tout et que Marion lui avait proposé de l'accompagner mais qu'elle n'avait pas voulu. Je l'ai fusillée du regard, mais elle a fait comme si elle n'avait rien vu. Pauvre conne qui est toujours là pour se rendre intéressante quand elle sait que personne ne peut la contredire. Elle voyait Marion uniquement aux cours d'anglais et d'informatique, et pour aller au club de volley, et je sais très bien que Marion la trouvait prétentieuse et imbue de sa petite personne, mais elle voulait toujours avoir l'air d'être sa confidente. Elle ne peut pas me sentir, évidemment.

La dirlo n'a pas arrêté de nous bassiner avec les risques et l'atrocité et toutes les choses à ne pas faire, mais je voyais bien que plus elle insistait sur le tragique, plus le prestige de Marion augmentait. Elle avait vraiment fait un truc héroïque, un exploit qui la propulsait très loin de nous toutes. On savait bien qu'elle avait quelque chose de spécial. Et maintenant, ça explosait. Elle n'était pas comme nous. Elle était d'une autre race, d'une autre trempe, d'ailleurs on nous l'enlevait. C'est dire si elle était précieuse... Même moi, je commence à l'envier, alors que je sais très bien à quel point elle en a bavé. Maintenant, ça semble comme le prix qu'elle a payé pour sortir du lot. Elle a réussi à casser cette routine où on se consume à longueur d'année. J'ai l'impression que quand on sortira d'ici, on n'aura même plus envie de vivre. Au moins, elle va prendre un nouveau départ, redémarrer à zéro. Je donnerais beaucoup pour m'en aller avec elle.

On est venu me poser beaucoup de questions, évidemment. Je ne voulais pas trop me mettre en avant, mais j'ai quand même lâché certaines choses pour bien montrer que les révélations de Mélissa, c'était du bluff et rien d'autre. J'ai expliqué les rendez-vous, les cagoules, le contrat qui n'était pas tout à fait aussi souple que prévu. Tout ça s'est répandu en un clin d'œil. Dans les couloirs, les conversations s'arrêtent quand on me voit arriver. J'ai entendu une élève parler du sang qu'il fallait nettoyer soi-même par terre et sur le mec après le dépucelage, alors que je n'ai même jamais dit ça. Les yeux des filles brillent de frayeur et d'excitation, et les mecs font très attention d'avoir l'air complètement blasés (on ne leur apprend jamais rien, à ceux-là), mais on voit à dix mètres leurs oreilles ouvertes comme des antennes paraboliques.

Ce que je me demande, c'est quand je pourrai la revoir, Marion. Je suis son amie depuis qu'on est toutes petites mais je n'ose pas téléphoner à ses parents maintenant, j'aurais trop honte et puis ils doivent être dans un état épouvantable. En plus, ils vont sûrement me demander si j'étais au courant. Et pourquoi je n'ai rien dit, ne fût-ce qu'à mes parents. Pour qu'ils les préviennent immédiatement et bonjour les dégâts ? Jamais de la vie.

J'espère au moins que je pourrai aller la voir là-bas. Si seulement je pouvais partir avec elle !

14

La sœur de la mère

Iris m'a appelée vendredi au bureau. Je n'oublierai jamais le ton de sa voix. Comme si on venait de déclarer la guerre.

— Céline, nous avons un gros problème avec Marion.

Pour une fois qu'ils ont un problème, on peut dire que c'en est un gros, en effet. Je n'arrivais pas à y croire. Des viols, un vol, un saccage en règle, l'obligation de changer de lycée et quasiment de déménager, quelle avalanche de catastrophes en une seule journée !

Hermann et Iris sont arrivés chez moi vers sept heures du soir. Ils revenaient de conduire les enfants dans cet internat. Ils se sont assis sur le divan, et je les ai vus abattus comme jamais je n'aurais pu les imaginer. Tous les deux sont d'un naturel optimiste et très souvent de bonne humeur, mais cette fois ils étaient en proie à un désarroi colossal. Iris a vite fondu en larmes :

— Elle s'est fait violer toutes les semaines pendant six mois, et nous n'avons jamais rien su !

Je l'ai laissée pleurer tout son soûl sur mon épaule. Hermann, le front posé dans les mains, ne disait rien. Il fallait qu'ils décompressent, après ces heures de cauchemar. Je trouve atroce qu'ils doivent à la fois s'alarmer sur l'avenir, et reconsidérer le passé. C'est tout leur monde qui bascule d'un coup. Les voilà privés de leurs enfants, presque ruinés (tout est détruit chez eux, y compris le PC dont Iris a besoin pour travailler et le studio d'Hermann où tous les clichés et tirages ont été lacérés) et affreusement angoissés à l'idée de se réinstaller au même endroit.

Je suis terriblement navrée pour eux, touchée par leur désespoir, et pourtant je ne vois pas ce que je pourrais faire pour alléger leur chagrin. Les héberger, bien sûr, les écouter, mais tout cela paraît si dérisoire...

Marion, je ne la voyais pas très souvent : à Pâques, à Noël, aux repas de famille. Elle s'est métamorphosée très rapidement à la puberté, et je me doutais bien qu'elle devait être passée dans le camp des femmes. Iris, apparemment, ne s'en doutait pas. Ne voyant venir ni confidences ni questions, elle pensait que Marion n'était pas encore éveillée de ce côté-là. Alors que c'était écrit sur sa figure.

C'est bien normal qu'on fasse ses premières armes sans en parler à sa mère, à mon avis, mais le problème avec Marion c'est qu'elle n'a peur de rien. À quatorze ans, elle a déjà fait du saut à l'élastique, du rafting, de la voltige sur des trapèzes. Et la même chose dans le domaine du sexe, à ce qu'il apparaît maintenant. Tout cela ne serait rien, s'il n'y avait pas le chantage auquel l'ont soumise ses agresseurs. Trop demeurés sans doute pour s'attacher les faveurs d'une fille, il faut qu'ils se les garantissent par la force. On nage en pleine préhistoire. Il ne manque plus que d'assommer la femelle d'un coup de massue et de l'emmener en la tirant par les cheveux.

C'est invraisemblable à quel point le despotisme sexuel peut encore pourrir nos vies. J'ai une amie qui, pour conserver son poste de secrétaire, a dû se résoudre à ouvrir les cuisses devant son nouveau patron. Une autre qui n'a pas trouvé de producteur pour ses pièces de théâtre, jusqu'au jour où elle a accepté de prolonger la soirée. On dit toujours que notre société est fondée sur l'argent, mais c'est oublier qu'elle est aussi réglée par le troc (du cul contre des privilèges), quand ce n'est pas tout simplement par le chantage (du cul, du travail, du silence, ou bien ça va être ta fête). Malgré tous nos échafaudages culturels et juridiques, on sent toujours agir l'antique logique des rapports de force, à ceci près qu'il est de bon ton de la camoufler. Combien de milliers d'années faudra-t-il encore pour sortir de là ?

J'ai souvent l'impression d'une curieuse dichotomie : je ne connais que des gens intéressants et raisonnables alors que tout ce qu'on me rapporte au sujet de l'humanité ne peut être le fait que de crapules.

C'est la raison profonde qui m'a dissuadée d'avoir des enfants. J'ai honte et j'ai peur du monde dans lequel j'aurais dû les propulser. Iris ne voit pas les choses comme ça. Elle dit : « Au contraire, il faut produire des cœurs purs. Préparer le terrain d'un monde meilleur. » Et voilà qu'elle doit supporter le spectacle du cœur pur piétiné sous ses yeux. Non merci. Je ne suis pas de taille. Déjà, d'assister aux malheurs qui pleuvent autour de moi, je sens mes jambes faiblir et mon mental trembler sur ses bases.

On me connaît pour mon égalité d'humeur. Sous prétexte que je suis prof de philo, on me traite de « sage ». C'est parfaitement faux. J'ai seulement évité toutes les contraintes et tous les problèmes, par une combinaison de fuites et de hasards heureux. Je me suis gardée du mariage, des enfants, de l'investissement immobilier et de toute espèce d'entreprise.

D'autre part, la vie m'a épargné jusqu'ici les accidents, maladies, cambriolages et autres inondations. Mon travail à l'université m'occupe d'une façon plaisante. Si les choses se maintiennent, j'aurai réussi à minimiser les dégâts.

Marion, en revanche, démarre très fort. Comment pourra-t-elle avoir une vie sentimentale épanouie après de tels déboires ? Je ne sais pas du tout ce que l'on peut ressentir quand on a déjà usé et abusé du sexe avant même de songer à tomber amoureuse. Ça paraît si curieux, comme situation, pour moi qui ai passé des années à fantasmer sur l'amour sans voir un homme de près. Mais, après tout, un rodage, même musclé, ne devrait pas interdire l'éclosion des sentiments. C'est tellement différent. Je crois pouvoir dire que j'ai eu une activité sexuelle moins intense avec les hommes que j'aimais vraiment que lors de mes aventures éphémères. Il y avait tant d'autres choses à partager, dans le registre du sentiment, que la vulgarité du sexe m'a parfois paru légèrement déplacée. Raffiné à l'extrême (et j'en parle ici comme d'un art véritable), l'amour en couple pourrait sans doute se satisfaire de cultiver la tendresse tandis que la sexualité s'épanouirait ailleurs, avec des amants de passage. Je n'ai jamais été jusqu'à mettre la théorie à l'épreuve, mais je reste intimement persuadée que la convergence de tous les désirs sur un seul être est une erreur.

Hermann et Iris sont évidemment incapables d'éprouver le même détachement que moi vis-à-vis de la sexualité de Marion. L'enfant qu'on a bercé doit être un peu le bateau patiemment construit, pour lequel on tremble au moment de le confier à la mer. Heureusement pour eux, les enfants prennent le large tout seuls.

Marion n'a jamais attendu les permissions (qu'on ne lui aurait pas refusées, d'ailleurs), ni pour fumer, ni pour se maquiller, ni pour sortir en boîte. Pourquoi aurait-elle consulté ses parents sur la question du sexe ?

15

Stéphanie

Les vernissages, il faut vraiment que je me pousse le cul pour y aller. Dès que je me retrouve debout, un verre à la main, parmi des mecs gonflants à qui je n'ai strictement rien à dire, je me maudis et promets une nouvelle fois qu'on ne m'y prendra plus.

Ce soir-là, je subissais les assauts de civilité d'un politicien ou d'un diplomate, je ne sais plus, enfin le genre d'individu dressé à meubler les vides. Je guettais désespérément l'arrivée d'un visage connu ou intéressant (j'avais déjà fait le tour des toiles et pouvais difficilement feindre de m'abîmer à nouveau dans leur contemplation). J'étais venue à moitié pour le peintre, un type doué que je voulais soutenir moralement, et à moitié pour le cas où il y aurait eu des contacts utiles à nouer. Dans le domaine de l'art, comme dans bien d'autres, ce n'est pas le travail qui compte, c'est le bruit qu'on fait autour. Je me suis entendu répéter à maintes reprises que si je ne me montrais jamais dans le «milieu», je n'aurais aucune chance d'exposer, jamais. Bon, je ne vois pas en quoi ma présence de chandelle muette dans ce genre de réjouissances va changer quoi que ce soit, mais bien sûr on se dit toujours qu'il suffirait d'une fois, tu tombes sur la bonne personne au bon moment et hop, ta carrière est faite. J'attends toujours.

Donc j'attendais, en écoutant des gens parler à tort et à travers, sans même pouvoir me consoler en draguant – il n'y a jamais la moindre proie consommable dans ces endroits guindés. J'ai pris ma place devant le buffet, puis je me suis retrouvée assise à une petite table en compagnie de gens que je connaissais vaguement, un peintre et un photographe accompagné de sa femme.

Ils n'étaient pas désagréables, mais moi, les conversations de salon où on se tâte prudemment du bout des antennes pour ne pas prendre de risques, ça me fout le cafard. L'un parlait de son atelier, l'autre de son studio à Montmartre. Je laissais pisser.

Puis un ami des deux autres nous a rejoints. Il est allé chercher une chaise pour s'installer à notre table. C'était un homme assez corpulent, d'une cinquantaine d'années, avec de beaux cheveux gris longs et flottants. Il portait une chemise bariolée et s'annonçait tout de suite comme une personnalité assez théâtrale, le genre de mec très familier et démonstratif, mais dont on se demande à part soi s'il n'est pas en train de se la jouer. Il était photographe et semblait connaître mes voisins de table depuis de longues années. Comme le peintre lui demandait de ses nouvelles, il a répondu :

— Tu ne peux pas savoir ce qu'il vient de m'arriver. Je suis dans un état épouvantable !

Il était visiblement sous le coup d'un choc car, sans s'embarrasser de préambule, il s'est engagé dans un récit animé en vidant plusieurs verres de vin de façon totalement automatique.

Il venait de conduire sa fille de quatorze ans dans un internat éloigné. Elle devait quitter son école d'urgence pour échapper à une bande qui la menaçait de représailles. Motif : elle avait voulu quitter la tournante à laquelle elle participait depuis six mois. Aucun de nous ne voyait ce qu'il voulait dire par le mot « tournante ». Alors il a expliqué qu'elle se faisait baiser toutes les semaines par des types masqués dans des caves et des escaliers de service.

J'étais sidérée. Par l'histoire, bien sûr, mais aussi par la crudité du vocabulaire, venant de la bouche d'un père, et par la facilité du bonhomme à raconter ce genre de choses devant moi qu'il ne connaissait pas. J'imaginais tout de suite la honte et la nécessité absolue d'étouffer l'affaire si jamais une chose pareille se produisait dans ma famille. Mais lui, au contraire, semblait désireux d'en parler, et sans omettre les détails scabreux. Je suppose que ça le soulageait.

En tout cas, il ne m'a rien appris sur la nature profonde des mecs. Moi, ça fait un bail que je me débrouille sans eux, et que je m'en porte beaucoup mieux. Si on les laisse faire, voilà tout de suite où on en arrive, une exploitation sexuelle effrénée – et sinon ils se surveillent un peu pour faire bonne figure, c'est tout.

J'étais gênée de me trouver là par hasard, comme une intruse, écœurée par cette histoire, et en même temps complètement fascinée, collée à ma chaise. Plus il racontait, plus son point de vue me paraissait étrange, pour un père. Il se disait atteint très profondément, et inquiet pour l'avenir. Mais en même temps, il refusait de blâmer sa fille – qui avait souscrit au système volontairement, il faut le souligner. Il trouvait tout à fait normal qu'elle ait voulu s'émanciper sur le plan sexuel. « Elle voulait faire l'amour, c'est très bien. Elle l'a fait, c'est très bien. Je ne lui reproche absolument rien. D'ailleurs, j'ai fait la même chose à son âge. » Il admirait son esprit d'indépendance et sa capacité de décision. Renversant. L'image du père prenait pour moi un virage à cent quatre-vingts degrés. Toutefois, je ne voyais pas très bien ce qu'il voulait dire par « la même chose à son âge ». Simplement jeter son bonnet par-dessus les moulins, ou bien participer à quelque combine douteuse ?

Le peintre se penchait de temps à autre vers moi pour apporter quelques explications et commentaires sur la gamine. Il racontait notamment, avec des trémolos dans la voix, combien elle était pulpeuse. La petite Marion provoquait de véritables carambolages sur son passage.

À ce prénom, j'ai sursauté comme sous l'effet d'un électrochoc. Il m'a fallu toute ma présence d'esprit pour parvenir à camoufler mon émotion. Se pouvait-il qu'il s'agisse de Marion, *ma* Marion ? Elle m'avait dit que son père s'adonnait à la photographie, mais elle en parlait plutôt comme d'un artiste du dimanche, sans véritable inspiration.

Dès le moment où ce nom a été prononcé, j'ai complètement décroché de la conversation pour essayer de faire rapidement le point des connexions possibles. Marion ne m'avait jamais parlé de tournante, mais je savais qu'elle avait des « problèmes » avec des hommes, dont elle préférait ne pas m'entretenir. Le quartier correspondait, oui, puisque le père venait de parler du XVIIIe arrondissement et que Marion m'avait dit habiter du côté de Barbès. L'âge correspondait, ainsi que la description physique – qui me rappelait encore que tous les hommes tombent en pâmoison devant elle. Quant aux événements récents que le père racontait, ils expliquaient peut-être pourquoi je ne l'avais pas vue depuis deux semaines.

Pour m'assurer que je ne me montais pas la tête pour rien, j'ai demandé au peintre de me rappeler le nom de son ami photographe (en fait il ne s'était pas présenté, mais peu importe). Il a répondu : « Hermann Dumeyne, mon pote depuis plus de trente ans. »

Dumeyne ! C'était donc bien elle. Moi qui désespérais de la retrouver, voilà que je tombais sur son père par le plus grand des hasards. Et avec quelles nouvelles !

Lorsque j'ai repris le fil de la conversation, j'ai entendu l'homme se féliciter d'une chose qui m'a aussitôt paru suspecte. Au commissariat de police où elle avait été épinglée, Marion avait fait état de ses très bonnes relations avec ses parents, alors qu'il lui aurait été loisible, disait-il, de les accuser de tous les maux de la terre. Tant qu'à faire, elle aurait pu accuser son père de n'importe quelle agression sexuelle. Or, elle avait bien précisé que ses problèmes étaient ailleurs et qu'elle n'avait rien à reprocher ni à son père ni à sa mère. « Vous imaginez, ajouta-t-il, dans quels ennuis je serais si elle avait voulu me faire porter le chapeau ? Mais non, elle a été très chic. »

J'ai trouvé hyper louche que le père souligne cet élément. N'était-il pas tordu d'imaginer que sa fille aurait pu l'accuser, lui, alors qu'elle était couramment violée par une vingtaine d'autres ? Est-ce qu'il n'aurait pas – par hasard – eu la conscience pas nette ? Il avait tant insisté sur ses relations idylliques avec sa fille que maintenant cela sentait la justification. Putain, si les problèmes de Marion comptaient l'inceste en plus de la tournante, je comprenais qu'elle ait préféré se barrer d'un tel merdier. Mais je ne voyais toujours pas pourquoi elle n'avait pas pris la peine de m'expliquer sa situation. Me faisait-elle vraiment si peu confiance ?

Plus tard, le père a aussi parlé du malaise qui s'était installé brusquement entre lui et sa femme. Sur ce chapitre, il s'est montré vraiment touchant.

Il avait des mots si éblouis pour parler d'elle, et moi je tombe toujours des nues quand les mecs expriment leurs sentiments. C'est le seul moment où je les trouve émouvants, mais l'événement est plus rare que la pleine lune, évidemment, puisqu'on les dresse à se comporter exactement comme s'ils n'en éprouvaient pas. J'avais presque envie de croire à son boniment, mais c'était peut-être une simple façade pour détourner l'attention. Il disait :

— Iris, la femme qui embellit ma vie depuis vingt-cinq ans, qui me connaît, qui me comprend, avec qui je n'ai jamais eu l'ombre d'un conflit, qui me fait encore pleurer de bonheur quand je rentre tard le soir et que je la regarde dormir, eh bien ce soir, dans la voiture qui quittait l'internat où nous laissions nos deux enfants, je n'arrivais plus à communiquer avec elle. Il y avait une faille horrible qui se creusait entre nous, simplement là, dans le silence qui a suivi les mains agitées à la fenêtre.

Pour une soirée commencée dans l'ennui et la banalité, le renversement était total. Je restais stupéfaite de ce récit qui me tombait dessus comme une bombe, dans un vernissage où j'avais failli ne pas venir, après avoir souffert si cruellement de la disparition de Marion. Et ce que j'apprenais sur elle était si révoltant, si grave, si lourd pour une fille qui paraissait toujours légère ! J'étais littéralement suffoquée, au bord des larmes. Il me semblait comprendre le désarroi de cet homme qui s'épanchait devant moi, puis comprendre également Marion d'avoir voulu grandir trop vite, puis comprendre encore la mère qui perdait pied dans sa propre famille. L'instant d'après, je ne comprenais plus rien. Un tel gâchis chez des gens intelligents et vivant soi-disant en bonne harmonie, cela me plongeait dans des abîmes de perplexité. Si j'avais eu un père aussi tolérant qu'il prétendait l'être, j'aurais poussé des cris de joie matin et soir. Mais les actes qu'on peut poser à quatorze ans pour se sentir exister, c'est vrai que ça peut très vite déraper. Moi, à cet âge, je voulais tuer mes parents, et rien ne dit que je ne l'aurais pas fait si quelqu'un m'en avait donné les moyens.

Plusieurs fois pendant la soirée, le photographe est revenu sur le fait qu'il était frappé par cette étrange répétition : lui au même âge, puis sa fille maintenant, et qu'il ne pouvait s'empêcher de penser à une sorte de malédiction. J'étais violemment curieuse de savoir à quoi il faisait allusion. Mais les autres semblaient au courant et je n'ai pas osé poser de questions. Ma présence était déjà suffisamment incongrue. En fin de soirée, je n'avais toujours pas réussi à apprendre ce qu'il avait pu faire de si terrible à quatorze ans.

Il ne me reste plus maintenant qu'à espérer que Marion pourra enfin reprendre contact avec moi.

16

Mélissa

Évidemment, cette cruche de Zoé s'imagine qu'elle est la seule à savoir et elle claironne sur tous les toits les petites infos dont elle dispose. Je n'ai jamais compris comment Marion pouvait supporter une gourde pareille. « Ça fait longtemps qu'on se connaît, je ne veux pas lui faire de peine, et gnagnagna… » Moi, ça fait longtemps que je l'aurais renvoyée dans les jupes de sa mère, avec ses lunettes, ses fesses molles et ses cheveux gras. Dans dix ans, ce sera une grosse vache qui vend des bougies pour Amnesty International. J'enrage de devoir la boucler, parce que ça me ferait jouir de lui clouer le bec une fois pour toutes. Mais évidemment, ce n'est pas le moment de me vanter.

Marion m'avait bien conseillé de partir avec elle, mais je n'ai pas pu me décider. Tout ce chambardement, ça m'épouvante rien que d'y penser. Et puis ma mère est nettement moins compréhensive que ses parents. Je me demande si ce n'est pas elle qui me tuerait. Non, franchement, c'est encore plus simple de se laisser faire une fois par semaine. Pas folichon, folichon, mais vite passé. Les types se vident en cinq minutes. Finalement, c'est une chance qu'ils ne soient pas plus raffinés. Quand ils nous ont expliqué leur combine, ça ressemblait à une organisation hyper compliquée, avec des rituels excitants genre messe noire. Mais dans la pratique, c'est juste tirer son coup comme des animaux. Complètement nul.

Marion ne le supportait plus. Plus du tout : « Je ne veux plus qu'ils me touchent, elle disait, ça me révulse. » Alors qu'au début elle adorait, je me souviens très bien. Elle en avait les yeux qui brillaient pendant tout le jeudi. Ça la faisait complètement chavirer, l'idée qu'elle allait se faire prendre par un inconnu. Elle disait : « Sens comme j'ai la chair de poule ! C'est parce que je viens d'y penser. »

Je ne sais pas si ça va me plaire encore, maintenant qu'elle n'est plus là pour tchatcher. C'était quand même un truc à partager entre copines avant tout. Après chaque rendez-vous, on se racontait tout – enfin surtout au début, quand c'était encore gai. On essayait de reconnaître les types d'après leur queue, leurs mains ou leur carrure. D'après leurs habitudes, aussi. Il y en avait un qui ne voulait que des pipes. Clairement, c'était parce qu'il ne bandait pas assez. Qu'est-ce qu'on a pu se poiler avec ça ! On mimait la scène : « Suce, allez suce », avec sa bite qui pendouillait comme une chaussette. Dès qu'une de nous deux pointait le doigt vers ses chaussettes, au cours d'anglais, on s'écroulait de rire. Ou alors, moi j'en ai eu un qui a giclé dans son froc avant d'avoir pu le baisser. Je l'entends encore jurer : « Putain, merde ! » Je me retenais pour ne pas rigoler. Après, il m'a obligée à tout lécher pour dire qu'il était le chef quand même, mais je vous jure que si j'avais su qui c'était, je ne me serais pas gênée après pour le ridiculiser.

C'est vraiment idiot qu'ils n'aient jamais pensé que baiser ça se fait mieux à deux. Partager, c'est pas dans le programme. Je ne suis même pas sûre qu'ils sachent que l'orgasme ça existe chez les nanas aussi.

Un jour, je l'ai dit à un mec qui me limait comme une brute: «Pourquoi t'essaies même pas de me faire jouir? — Ta gueule, il a répondu, c'est moi qui te baise, c'est moi qui te domine, t'as rien à dire!» Dans ce cas-là, je ne comprends pas pourquoi ils ne prennent pas plutôt une poupée gonflable.

Mon jour à moi, c'est le mardi. Il me reste quatre jours pour décider de ce que je vais faire.

17

L'ami du père

Si je m'attendais à ça! La fille d'Hermann. La pru-
nelle de ses yeux. Il aurait fait le Tour de France à
genoux pour le bien de Marion. Encaisser un coup
pareil, je ne sais pas s'il en est capable. J'ai peur pour
lui.

Avec Iris, il avait toujours dit : « Nous, on veut
prendre du bon temps avant d'avoir des enfants. »
Et effectivement, ils ont vécu dix ans rien que pour
eux, une vie de fêtes, de voyages en auto-stop, de
virées avec les copains. J'étais souvent dans le coup,
d'ailleurs. Une belle époque, tout ça. Mais alors
quand ils s'y sont mis, à procréer, ç'a été fini, les
petits étaient sacrés. Ils pouvaient tout faire. La
punition n'existait pas. Le blâme non plus.

Au début, ils ont été difficiles. Turbulents, insolents,
tout le monde disait derrière leur dos que c'était de la
folie de laisser ces enfants leur grimper sur la tête. On
prédisait les pires catastrophes. Moi je ne savais pas
trop. Tout ce qu'on dit, souvent... Et puis vers huit dix
ans, Marion est devenue de plus en plus raisonnable.
On sentait qu'elle avait du cœur. Elle s'intéressait
toujours aux gens et voulait leur faire plaisir à sa
manière. Elle offrait tout le temps des cadeaux. Thomas aussi s'est assagi, mais c'est récent. Il y a encore
un an, il pouvait harceler sa mère une après-midi

entière pour qu'elle loue le film dont un copain lui avait parlé le matin à l'école. Et elle finissait par capituler. Nous, les vieux copains, on hésitait à aller chez eux à cause des gosses. Ce n'était même pas la peine d'essayer d'avoir une discussion, on ne pouvait jamais aligner plus de trois phrases.

Donc, avec l'âge, ça s'est amélioré. Mais alors quand Marion a atteint sa puberté, ça a été une autre surprise. C'est devenu une femme en six mois. Je n'ai jamais vu une transformation si rapide. Elle a grandi, elle a pris des seins et des fesses de statue grecque, et avec ses yeux maquillés comme Cléopâtre, elle était belle à se laisser tomber la langue par terre. Et puis surtout, elle avait un de ces styles ! Ce n'était pas la fille à porter l'uniforme en vogue à tel moment dans telle école. Non, elle dénichait des trucs dans des brocantes et elle se composait des looks complètement fous. La dernière fois que je l'ai vue, elle portait un manteau de laine jusqu'aux chevilles et un jeans pattes d'éléphant avec des fleurs brodées. Là-dessus un béret rouge posé de travers et un ruban noir autour du cou. Comment peut-on avoir un style pareil à quatorze ans, c'est dingue.

Mais de là à s'accoupler à l'aveuglette, je ne l'aurais jamais cru. Marion est une chouette fille. Pas une vicieuse ni une caractérielle. Je ne comprends pas ce qui a pu l'amener là. C'est vrai qu'on en viendrait presque à penser qu'il y a quelque chose qui rebondit de génération en génération. Impossible de ne pas faire le lien avec la fugue d'Hermann au même âge que Marion, lorsqu'il a découvert les agissements de son père. Déjà qu'Hermann a vécu toute sa vie comme une sorte d'expiation. Qui aurait pu se douter que, pour racheter son père, il lui en coûterait sa fille ?

Ça faisait longtemps qu'il la voyait filer un mauvais coton, mais ce n'était pas du tout au sujet des garçons. C'étaient ses habitudes de consommation qu'il ne comprenait pas. La musique, les films, les jeux vidéo, la cigarette, les fast foods, tout ça l'écœurait. Il disait qu'elle était un parfait petit soldat pour les capitalistes. Elle se contentait de hausser les épaules en marmonnant : « Moi, je les aime bien, les capitalistes. » Hermann gémissait de voir cette génération sans cervelle et il tentait de raisonner Marion chaque fois qu'elle voulait bien prêter l'oreille, mais en général il y avait un écouteur dessus.

Bien sûr, il ne lui a jamais rien interdit. Il voulait qu'elle comprenne et change d'elle-même. Le geste dont il était le plus fier, c'est quand elle est venue se plaindre qu'on essayait de lui vendre de la drogue à l'école. Elle trouvait ça crapuleux, surtout quand les mecs sont venus la relancer jusque dans l'escalier de l'immeuble. Elle n'en voulait pas et elle a expliqué le problème à son père. Quelle victoire, selon lui. Sa fille pouvait tenir tête. Mais elle avait besoin d'un coup de main, car les dealers continuaient à la suivre. Alors, un soir, Hermann est parti à sa rencontre pour s'expliquer d'homme à homme avec eux. Le dialogue n'a pas été très fructueux. Hermann voulait discuter alors que les autres l'insultaient. Comme je le connais, il n'a sûrement pas haussé le ton. Il a voulu savoir, il a posé des questions, mais on n'a pas toujours en face de soi des gens disposés à répondre. Les types sont partis furieux en crachant par terre. Hermann s'est dit qu'au minimum l'incident les ferait réfléchir, mais le lendemain les quatre pneus de sa voiture étaient crevés. Heureusement, les choses en sont restées là, sans doute parce qu'il s'agissait de gamins de treize ou quatorze ans.

C'est la seule fois où Marion a vraiment fait appel à son père. Pour le reste, elle pouvait se montrer plutôt grinçante avec lui. Qu'il se contente d'un job de petit employé pour se consacrer à la photo, ça dépassait son entendement. Depuis deux ans, elle lui demandait quand il allait se décider à changer de voiture (dix ans qu'il roule dans la même Volvo!) et refusait qu'il vienne la chercher au lycée. «Je ne monterai pas dans ce tas de ferraille devant tout le monde. Mets-toi dans la rue à côté.» Ce n'est pas branché, évidemment, une vieille Volvo. Et que ses parents n'aient pas de portable, ça la faisait ricaner. Pas de micro-ondes non plus. Pas de lave-vaisselle. Elle disait qu'ils vivaient en plein Moyen Âge et qu'elle n'osait pas inviter ses copines à la maison. Je suppose qu'à cet âge-là on se braque de toute façon contre les valeurs parentales et qu'elle pourra revenir sur ses opinions plus tard, mais cela devait quand même faire de la peine à Hermann de voir sa fille tomber la tête la première dans tous les travers qu'il a passé sa vie à dénoncer.

18

Un collègue du père

Hermann est revenu au bureau ce matin avec des vertes et des pas mûres à raconter. Il avait disparu jeudi et vendredi sans prévenir, mais il avait semblé très soucieux juste avant ça, ce qui n'est pas du tout son style. Personne n'avait posé de questions. On a déjà bien assez de tous les problèmes qu'on récolte sans rien demander. Mais aujourd'hui, il a passé à peu près toute la journée à raconter aux uns et puis aux autres les « terribles événements » qui ont secoué sa vie.

Franchement, si un truc comme ça m'arrivait, je m'abstiendrais d'aller le crier sur tous les toits. Il a beau essayer de faire passer sa fille pour une martyre, c'est quand même elle qui s'est laissé embrigader dans ces partouzes. Faire la pute sans même être payée, je ne vois pas ce qu'il faut de plus pour parler d'une traînée. Il affirme qu'elle est très bonne élève et pas du tout rebelle à la maison, je veux bien, mais ça n'empêche qu'on peut être une traînée quand même, il y a des choses comme ça qui sont dans le sang. De toute façon, dans l'école où elle va, il n'y a que les débiles mentaux qui ne sont pas bons élèves, et puis bien sûr toute cette racaille qui ne parle même pas français.

C'est malin, aussi, d'aller habiter dans le XVIIIe. Il dit que nulle part ailleurs il ne trouverait un studio d'artiste (parce qu'il s'y croit, le bonhomme!) pour une bouchée de pain, mais que de toute façon il ne voudrait pas déménager même s'il en avait les moyens. Il dit qu'il ne veut pas battre en retraite. Et, pour lui, quitter le quartier, ce serait reconnaître qu'il renonce à affronter la réalité. Je ne sais pas si c'est de l'idéalisme ou de la bêtise. En tout cas, ce n'est pas à moi qu'il faudrait demander de payer les pots cassés quand c'est la société qui bat de l'aile. Personne ne l'oblige à rester là, et il s'obstine à être le dernier, comme le capitaine au moment du naufrage. Grand bien lui fasse. Mais qu'il ne vienne pas pleurer parce que sa fille s'est fait baiser dans les escaliers.

Au lieu de claquer tout son fric dans des pellicules photo et des bouteilles de pinard, il aurait peut-être pu se soucier du bien de sa famille. C'est très beau les grandes idées, seulement il faut aussi voir ce qui se passe sous son propre toit. Quand je pense qu'il n'a rien su jusqu'à ce que la gamine pète les plombs toute seule. C'est dire si c'était grave. Je l'entends encore vanter les qualités de sa fille. Quelle personnalité, quel charme, quelle femme fantastique ce sera! À supposer qu'elle arrive jusque-là, on peut se demander ce qu'il restera d'une gosse qui a tout essayé à quatorze ans. En tout cas, il n'en parle plus si joyeusement, ça je peux vous le dire. Il a sa tête des grandes occasions, il soupire, il secoue la tête, il roule des yeux, et la représentation a duré comme ça toute la journée. Déjà qu'il ne travaille pas trop d'habitude. Il croit que ça va résoudre quelque chose qu'il passe son temps à se lamenter? Évidemment, c'est tout ce qui lui reste. Le mal est fait, les enfants sont partis, et leur pension va lui coûter tout son salaire. Si ça se trouve, il sera obligé d'arrêter de picoler. Une fois lucide, il pourra toujours se crever les yeux, comme l'autre andouille, Œdipe je crois, qui avait aussi mis des années avant de voir ce qu'il avait sous le nez.

Dans la boîte, il a toujours passé pour un farfelu. Il n'a que l'Art avec un grand A à la bouche, ou alors les droits de l'homme et toutes ces conneries. S'il croit que ça intéresse quelqu'un ici ! Il ne s'est pas fait beaucoup de potes chez nous d'ailleurs, à part Edmond qui est copain avec tout le monde et qui est toujours d'accord pour aller pinter. Le soir, ils vont rejoindre des amis d'Hermann, des Zartistes avec un grand Z. Dans son boulot, c'est sûr qu'il ferait mieux d'être un peu plus pointu parce que ça fait quinze ans qu'il s'occupe du même genre de brochures et il arrive encore à se planter. Des modes d'emploi d'appareils ménagers, ce n'est quand même pas sorcier. Il n'a rien à faire, strictement rien, que réceptionner le texte de la maison mère, distribuer les traductions, surveiller la mise en page et la fabrication. Vous croyez que ça irait sans problèmes ? Une fois sur trois ou quatre, il manque une langue, ou bien le truc arrive avec deux semaines de retard. Un de ces jours, il va se faire jeter vite fait, et il ira accuser ces chacals de capitalistes.

Mais c'est sa femme, surtout, que je plains dans cette histoire. Elle n'a sans doute pas eu le temps de réaliser qu'elle épousait un irresponsable, et maintenant elle doit supporter toutes les bourdes qu'il commet, bien sûr avec le plus grand aplomb. « Déménager ? Jamais ! Vous me prenez pour un lâche ? » Et il a encore le culot de se plaindre : « Toutes ces années derrière un bureau pour faire vivre ma famille alors que j'ai tant de choses à dire en photographie, vous croyez que c'est facile ? » Il se prend vraiment pour un héros, ma parole.

Le pire de tout, c'est ce projet qu'il claironne déjà un peu partout, de faire une exposition avec les clichés lacérés par les casseurs et dont il veut tirer des collages. Un «happening» qu'il intitulerait «Vengeance», comme si ce n'était pas du plus mauvais goût. Il parle d'un art «imprégné de réalité», «pétri de signification» et autres âneries. Moi, brandir son linge sale comme une bannière et se faire du fric avec l'honneur de sa fille, je trouve que c'est tout simplement sordide.

19

La mère

On a passé le week-end à essayer de réparer les dégâts. Il ne reste pratiquement rien d'utilisable. Ils ont même déchiré les vêtements un par un, cassé les disques, vidé des litres de vin sur les livres. J'ai dit que je ne voulais pas rester dans un endroit pareil. Je préfère loger chez ma sœur, le temps de digérer le choc. Hermann trouve que ce n'est pas une attitude courageuse. Il ne veut pas reculer devant la menace. Dès dimanche, il est retourné dormir là, sur un matelas éventré au couteau. J'avais peur pour lui, mais il a téléphoné le lendemain pour dire qu'il ne s'était rien passé. On a fait poser deux verrous, et le numéro du commissariat de police est dans la mémoire du téléphone. Le problème, c'est qu'on a bien senti que ça ne servait à rien de les appeler. Quand on est allés samedi déposer plainte au commissariat du XVIIIe, ils nous ont reçus avec une mollesse désespérante. Quel dommage que ce ne soit pas le commissariat où on est allés récupérer Marion, dans le XIe ! Là-bas, on se sentait écoutés ; ils essayaient de faire quelque chose. Mais ici, c'est à se demander si on ne parlait pas aux complices des violeurs.

— Oui, oui, on connaît cette bande. Ce sont des jeunes qui traînent dans le quartier sous la direction d'un certain Rachid. Ils vendaient déjà de la drogue, maintenant ils font des tournantes.

Là, vous vous réjouissez, vous pensez que le problème est en bonne voie d'être résolu. Mais le commissaire poursuit :

— Seulement, comment voulez-vous qu'on les arrête ? Aucune fille ne veut déposer plainte et, même si elles le faisaient, elles ne peuvent pas reconnaître les coupables. Il n'y a aucune preuve contre eux. Et puis, nous ne sommes pas du tout équipés pour affronter ces bandes organisées. En plus, ils ont rarement plus de seize ou dix-sept ans, alors même si on parvient à les coincer, ils sont relâchés trois mois plus tard.

Entendre ça de la bouche d'un représentant des forces de l'ordre ! Je me suis demandé si nous étions bien en France, au début du XXIe siècle, ou si j'avais rêvé. Ces messieurs ne sont pas équipés. Ils savent tout, mais ils ne peuvent rien faire. Et alors quoi ? On doit laisser nos filles se faire violer ? J'ai bien vu à une certaine lueur dans son regard qu'à son avis c'est tout ce qu'elles méritaient. Je l'imaginais très bien en chef de réseau pédophile, ce salaud-là. Oh, je l'aurais étripé !

Mes résolutions de détachement sont mises à rude épreuve, je dois dire. Imaginer d'aller canoter, c'était le produit d'un désarroi tombé trop brutalement – comme le flottement étrange qui règne entre le coup de gourdin et la douleur. Mais quand j'évalue maintenant les conséquences sur notre vie future, quand je pense en plus que pendant notre expédition nautique une bande de brutes saccageait tous nos effets et jusqu'à notre lit, je n'ai plus d'autre réaction possible que la rage. Jamais je ne pourrai comprendre, ni dialoguer avec des crapules qui ont violé ma fille toutes les semaines pendant six mois.

Jamais je ne pourrai pardonner. Même si elle a naïvement accepté au début. Ce ne sont pas des propositions à faire. C'est criminel, ignoble, sordide, dégoûtant. Je me réveille le matin et j'ai le ventre tordu de douleur et d'angoisse. Puis, tout de suite après, la nausée. Cette idée qu'on peut se faire happer malgré soi dans une spirale de terreur, je ne peux pas la supporter. Que toute une famille puisse voler en éclats à cause d'une bande de jeunes en rut. J'ai envie de hurler.

Céline a été d'un grand réconfort. Elle ne dit pas ce qu'il faut faire ou ne pas faire, et surtout pas ce qu'il aurait fallu faire. Elle m'a donné une clé, elle prépare à manger, elle vaque à ses occupations mais je sais que je peux tout lui demander. Elle a toujours été très occupée, avec des voyages ou avec des hommes, mais nous nous voyions chaque fois que nous pouvions nous retrouver dans une brasserie à midi. C'est ainsi entre nous : peu de soirées arrosées entre amis, juste elle et moi, de semaine en semaine, comme des cailloux sur un chemin, comme des nœuds le long d'une corde. Jamais encore je n'avais eu à chercher refuge chez elle, mais cela aurait aussi bien pu être l'inverse. Nous avons l'une chez l'autre une assurance contre la chute.

J'ai toujours beaucoup admiré Céline pour sa force de caractère, son équilibre et sa capacité de travail. Après un trajet sans fautes, elle est devenue maître de conférences dans le Val-de-Marne. Sa thèse traitait de la conception du vide chez différents philosophes antiques. J'ai assisté à sa soutenance et j'avoue que je n'ai pas compris grand-chose. Elle a eu les félicitations du jury. C'est une tête, ma sœur, elle a toujours été brillante, mais sans faire de bruit ni écraser personne. Aujourd'hui, elle m'accueille à bras ouverts et rentre le soir avec des fleurs pour égayer la maison. C'est très zen, chez elle. Il me semble que, malgré les événements horribles dont elle se montre profondément affectée, elle n'est pas mécontente de la cohabitation imprévue qui nous rapproche. Je crois qu'elle prend plaisir à me materner un peu. Venant de Céline, ma sœur si indépendante et si cérébrale, cette chaleur me va droit au cœur.

Mais je ne vais pas pouvoir supporter de vivre sans mes enfants. Je voudrais aller m'installer là-bas, près de l'internat. Mon travail à domicile me le permet, pour autant que j'arrive à remplacer mon ordinateur. Céline m'a assuré qu'elle pouvait me prêter ce qu'il faut. Hermann, évidemment, voudra rester à Paris ; il a besoin de rencontrer les autres artistes. Je ne sais pas du tout ce que nous allons faire. Mais une chose est sûre : rien ne sera plus jamais comme avant. C'est comme si j'avais passé vingt-cinq ans sur un nuage qui brusquement a disparu et me laisse tomber en chute libre. J'ai peur d'être engloutie par l'amertume et la paranoïa, de me retrouver désormais enfermée à double tour, au propre comme au figuré. J'ai même peur de devenir folle. Comment ai-je pu côtoyer ma fille pendant six mois sans remarquer qu'il se passait quelque chose ? Comment ai-je pu être aussi peu sa mère qu'elle ait préféré fuir au lieu de se confier à moi ? Est-ce que je vivais vraiment sur une autre planète ? En plus, je suis souvent à la maison. Je suis attentive. Je fais de la vraie cuisine. Je veux dire qu'elle n'était pas livrée à elle-même. Je ne comprends pas. Je ne comprends pas et je crois que je ne comprendrai jamais.

Il y a tant de mots qui s'échangent dans une famille, et si peu qui servent à se parler.

Depuis que Marion est revenue, nous n'avons pas trouvé l'occasion de discuter vraiment tous les trois, ou tous les quatre, puisque Thomas savait. On s'est occupés d'organiser la soirée, la journée du lendemain, mais personne n'a abordé le centre épineux du mal qui nous rongeait. Il régnait même un vague sentiment de gêne à se retrouver ensemble, comme si nous avions honte d'une insouciance passée qui n'était pas de mise et dont nous formions le rappel douloureux l'un pour l'autre. C'était presque plus irritant que tous les renoncements dont il fallait s'accommoder. Marion ne nous a rien expliqué, à aucun moment. Nous sommes restés sur la version de la psychologue. Je ne suis même pas sûre que ce soit la vraie.

Honnêtement, je pense qu'il n'est pas indispensable d'exhumer chaque détail de cette triste histoire. Ce serait remuer le couteau dans la plaie inutilement, puisqu'il n'y a plus qu'une chose qui compte : comment sauver l'avenir de ma fille ? Mais je sais que jusqu'à mon dernier jour je ne pourrai éviter un haut-le-cœur à l'idée de ces six mois passés dans le mensonge, ni faire taire l'impérieux besoin d'en savoir plus. Je ne pourrais qu'en souffrir, mais c'est une curiosité maladive, comme de fixer des yeux les décombres d'un accident sans pouvoir passer son chemin. Je voudrais connaître chacune de ses paroles, chaque geste qu'elle a subi, chaque plan qu'elle a ruminé. J'ai besoin d'un film au ralenti de la catastrophe, ne fût-ce que pour pouvoir m'y habituer.

Rachid, en plus, je me demande si ce n'est pas un type qu'elle connaît. Elle jurait que c'étaient des inconnus. Je ne sais plus quoi penser. Mes journées se passent dans cette tension épuisante : je dois savoir – je ne veux pas savoir. Il vaut peut-être mieux que Marion soit loin pour l'instant, sans quoi je risquerais de craquer.

Je lui poserai quand même la question, au sujet de Rachid.

20

Benoît

Ça fait trois ans qu'elle me fait kiffer, Marion. On est sortis un peu ensemble au début de l'année passée, puis elle a dit qu'elle ne pourrait pas rester toute sa vie avec un mec gentil. «Gentil», chez elle, c'est la marque du mépris. Ou en tout cas de l'ennui. Elle trouvait visiblement qu'il y avait mieux à faire que de perdre son temps avec moi. Pourtant, elle avait bien aimé, au début. Le premier patin qu'on s'est roulé pendant le concert des Spice Girls, les moments où on se cachait derrière le mur, dans la cour de l'école et tout ça. Elle disait que je l'excitais au maximum. Elle pouvait avoir un orgasme rien qu'en se frottant sur ma cuisse. On s'éclatait bien tous les deux, on se pelotait pendant des heures, même sur des bancs publics dans les squares, et quand elle mettait une jupe large, je pouvais très bien lui rentrer dedans sans que personne sache si on le faisait ou pas. Marion jouait la nana plus-détachée-que-moi-tu-meurs quand une vieille avec son chien se mêlait de passer dans le coin. Elle avait juste l'air d'être assise sur mes genoux et on parlait de la pluie et du beau temps, mais pendant ce temps-là j'étais dedans. C'était même devenu un jeu. Et si personne ne passait, ce n'était pas vraiment aussi fun, alors on attendait. Elle causait plus fort dès qu'elle voyait quelqu'un, et se mettait par exemple à réviser la matière du cours de français comme si on avait une interro écrite le lendemain. Et pendant ce temps, elle contractait ses muscles en cadence sur ma queue, même que j'avais du mal à me retenir. Un jour, j'ai pas pu m'empêcher de venir quand une mémé nous a dépassés, et pour camoufler j'ai fait semblant d'éternuer, et après ça on a ri pendant un quart d'heure.

Moi, j'aurais bien voulu continuer, mais Marion c'est la fille que tout le monde veut, alors tu penses que j'allais pas la garder. Deux mois on est restés ensemble. Après, j'étais toujours accro, mais elle me voyait même plus. « Pour ne pas me faire de peine », elle disait quand je me plaignais. Il fallait que je sorte avec une autre plutôt que de rester seul. Moi je veux bien mais, après Marion, on s'ennuie avec les autres. Et c'est elle qui s'ennuyait avec moi !

Ça ne m'étonne pas qu'elle ait été se fourrer dans une tournante. Là, elle était sûre d'avoir des sensations. Mais elle s'est peut-être pas assez demandé si c'était le genre de sensations qu'elle voulait. Même moi, j'aurais pu lui dire que c'était pas un truc à faire. Je suis peut-être gentil, je suis quand même renseigné. On connaît les mecs qui ont lancé ça. Il ne faut pas croire qu'ils ne se vantent pas de leurs exploits. C'est pas des tendres, et ils n'ont qu'un seul but, c'est de pilonner autant de nanas que possible, de préférence cent pour cent françaises. Ça doit être une sorte de revanche sur la société qui les brime ou je ne sais pas quoi. Tu parles qu'après ils auront les néonazis aux fesses.

Mais eux, ils sont fiers un maximum. Ils font les caïds. Ils se la racontent un max et se bourrent le mou les uns les autres. Ils disent : « Celle-là, je l'ai trouée. Elle est bonne. Je lui ai mis le doigt dans le cul, elle a joui toute la nuit, la salope. » Ils voient ça comme un jeu ou comme un sport. Les gonzesses, c'est que de la viande pour eux, ils voient pas du tout le problème de s'amuser avec. Tant que c'est pas leur sœur, en tout cas, ils s'en foutent royal.

C'est sûr qu'il y a d'autres nanas dans l'école qui se font tourner, mais elles n'oseront jamais rien dire. Ils sont capables de leur faire la peau. Avec moi, elle pouvait baiser peinard, Marion, et il a fallu qu'elle aille essayer le dernier cri. Mais vous croyez qu'elle m'aurait consulté? Moi, je savais rien, j'étais qu'un gamin, je ne pouvais plus l'aider à «progresser». Et ceux-là, est-ce qu'ils l'ont aidée? J'aimerais bien avoir son point de vue là-dessus.

21

La sœur de la mère

Moi qui n'avais jamais entendu parler de tournantes, j'ai été abasourdie en me penchant sur la question.

Quand je pense que je m'adresse quotidiennement à des jeunes dont j'ignore totalement les mentalités et les mœurs. L'amphithéâtre ne favorise guère les confidences, et aux examens il n'est question que de l'ontologie chez Aristote ou des tensions de la morale stoïcienne. Je ferais peut-être mieux de les interroger sur leur vie privée ! J'imaginais qu'ils se « cherchaient », comme nous, dans l'attente de l'âme sœur. C'est peut-être encore vrai pour mes étudiants (pour choisir la philo, il faut planer un peu). Mais que penser des adolescents ?

Le drame que vient de vivre ma nièce m'ouvre les yeux sur une réalité invraisemblable. Pour l'essentiel, le phénomène des tournantes semble se dérouler dans les cités de banlieue. Sans doute le cas de Marion est-il une variante adaptée au milieu urbain (et d'urbain vient le mot « urbanité », quelle ironie !).

J'ai eu du mal à trouver des sources d'information bien documentées. Les victimes des tournantes se trouvent dans une situation de peur et de honte telles qu'elles préfèrent ne jamais en parler. Mais certaines affaires ont récemment éclaté et la loi du silence commence tout doucement à se fissurer. Dans les tournantes des banlieues, un groupe de garçons pratique des viols collectifs sur une jeune fille qui a été recrutée par l'un ou l'autre d'entre eux, le plus souvent comme petite amie. Lorsqu'il a gagné sa confiance, le « tourneur » l'emmène chez des copains pour terminer la soirée, ou dans un lieu désert fixé à l'avance, et la fille se voit obligée d'accorder ses faveurs à tous les membres du groupe. Le silence des victimes repose à la fois sur la menace de représailles et sur la honte qu'elles ressentiraient vis-à-vis de leur famille et de tout leur entourage. On dirait que dans certaines microsociétés, fortement marquées par les rapports de force et par le sexisme, comme il s'en est formé dans les cités, les notions de réputation et de déshonneur sont redevenues des déterminants majeurs pour le statut des femmes. Celles-ci sont soumises à un code de conduite extrêmement strict sous peine de déchoir au rang de « pute » et de subir de multiples humiliations, sinon des sanctions. Le simple fait de porter une jupe est très mal vu dans certains quartiers, au point que les filles en viennent à emporter une tenue de rechange dans un sac lorsqu'elles veulent se rendre à Paris pour se distraire. Sortir le soir, boire ou flirter sont des comportements inadmissibles, et les filles qui s'y risquent deviennent la cible de ces bandes qui pratiquent les viols collectifs, puisque à leurs yeux elles ont affiché elles-mêmes leur faible niveau de moralité. Le seul fait de sortir avec un garçon apporte la preuve que l'on ne « vaut rien » et donne en quelque sorte un droit d'entrée à tous les autres. Sur ces filles « immorales », le viol n'est pas considéré comme un acte criminel mais au contraire comme une punition légitime. L'attitude des garçons interrogés se résume immuablement à un jugement du type : « C'est elle qui l'a cherché, la salope ! »

Je suis d'autant plus épouvantée de découvrir le phénomène que ce type de discours était parfaitement répandu dans la plus grande partie de la bonne société occidentale, il n'y a pas si longtemps. Avant la révolution sexuelle et le changement des mentalités obtenu par des années de combat féministe (louées soient celles qui ont tant fait pour nous), les femmes étaient toujours tenues pour responsables des mésaventures dont elles étaient victimes. Elles s'étaient exhibées, elles avaient provoqué, elles avaient fréquenté des lieux où il ne fallait pas se montrer, et elles ne pouvaient donc s'en prendre qu'à elles-mêmes si l'un ou l'autre de ces messieurs s'était laissé aller. Vision simpliste qui disculpe par définition les hommes et ne laisse aux femmes d'autre possibilité que de rester cloîtrées.

Je n'ai qu'à penser à mon père qui, en plus d'avoir des idées bien arrêtées, les a pêchées parmi les préjugés sexistes les plus primitifs. Il ne croit même pas à l'existence du viol. Je me souviens qu'il nous racontait une histoire édifiante pour illustrer son opinion sur le sujet. Il s'agissait d'une femme qui porte plainte pour viol. Un agent de l'État prend note de sa déposition puis lui demande de signer le papier. La scène se passe au siècle passé, ou en tout cas avant l'invention du stylo, et au moment où la femme veut tremper la plume dans l'encre, l'homme retire l'encrier. Nouvel essai. Nouvelle facétie de l'employé. Finalement elle s'exclame : « Mais que faites-vous ? » Réponse : « Je fais ce que vous auriez dû faire. »

Selon mon père, un membre viril ne pouvait s'introduire si on ne l'avait un peu aidé ou à tout le moins toléré. Et le chapitre était clos.

Les choses ont changé, heureusement, et je m'estime particulièrement heureuse d'avoir grandi dans un climat qui valorisait l'indépendance et l'initiative des femmes (je parle du climat social, bien sûr, pas de mes parents). Rien que sur le plan sexuel, le retournement était complet. Je me suis morfondue pendant des mois parce que je n'avais pas encore de petit ami et que je me trouvais idiote vis-à-vis de mes copines, plus avancées que moi dans leurs expériences amoureuses. À seize ans, la virginité était un sujet de honte, une tare dont on voulait se débarrasser au plus vite. Je demandais conseil à Iris qui elle-même avait connu plusieurs garçons. S'il y avait un conformisme social au sein de ma génération, c'était dans le sens de l'émancipation.

Alors ce que j'entends des nouvelles mentalités qui s'instituent dans les banlieues, c'est à mon sens le pire retour en arrière qu'on puisse imaginer pour les femmes. À peine ont-elles goûté à la liberté que les voilà renvoyées à leurs cuisines et terrifiées d'en sortir.

Dans le cas de Marion, les données du problème sont un peu différentes. Nous sommes ici en pleine ville, qui plus est à Paris, où les codes et les normes de comportement ne peuvent prendre l'allure dictatoriale et circonscrite propre aux microcosmes des cités. Ici s'affrontent, au sein des mêmes groupes de jeunes, la volonté de fermeture caractéristique d'un nouveau machisme et la pression vers l'ouverture entretenue par la société de consommation.

Concrètement, les filles comme Marion sont d'une part soumises à la sanction du regard infériorisant des garçons (du moins de certains garçons, mais très influents) et d'autre part à la valorisation de leur personnalité que véhicule le discours médiatique et publicitaire. Elles sont presque obligées de choisir leur camp. Les plus faibles plient devant la pression du groupe qui détient la force effective, et elles se soumettent, du moins en apparence, aux valeurs machistes (quitte à se défouler quand elles se retrouvent entre elles – ce que font toutes les femmes brimées de par le monde). Les plus courageuses ignorent le mépris où on veut les tenir et affichent leur volonté de s'épanouir. Marion fait certainement partie du deuxième groupe et en était peut-être la figure de proue. Mon sentiment est qu'elle a été punie pour l'exemple.

Même si elle s'est exposée de son plein gré, elle a finalement été piégée et se retrouve aussi violemment forcée que ses consœurs moins chanceuses des quartiers de banlieue. Que la contrainte soit franche ou sournoise, elle procède à mon sens du même mépris. Et je déplore d'autant plus le sort réservé à Marion qu'avec un peu de jugement elle aurait pu s'en protéger, ce qui est loin d'être le cas pour toutes les victimes. Je me surprends parfois à penser ce qu'on dit si souvent des femmes abusées et qui m'a toujours fait bondir : elle s'est jetée dans la gueule du loup…

Iris m'a raconté que Marion était respectée en raison de son physique et de son caractère assuré, disons de sa personnalité hors du commun, mais qu'elle avait plusieurs fois parlé de la tendance parmi les garçons de son lycée à insulter les filles trop libres. Les mots « pute » ou « salope » sont les sanctions immédiates d'un comportement que les autres jeunes jugent dépravé, et ce sont les mots qu'on retrouve le plus souvent dans les graffitis. Marion critiquait vertement cet impérialisme. Mais certaines de ses amies s'y étaient complètement soumises. Iris elle-même les trouvait pudibondes et empruntées. Mélissa, en revanche, avait opté pour la modernité, vernis à ongles, mini-jupe et trois couches de Rimmel, ce qui lui valait une réputation déplorable. Zoé, elle, ne savait trop sur quel pied danser, et restait tout près de Marion sans pour autant oser l'imiter.

Toute cette histoire me conduit vraiment à mesurer combien il est difficile d'être une adolescente aujourd'hui. Je ne sais encore trop comment en tenir compte pour adapter ma pédagogie, mais il semble impossible de ne pas y réfléchir. Hélas ! que nous sommes loin de la philosophie…

22

Le père

Vendredi soir, alors que nous nous apprêtions à quitter l'internat, Marion a demandé si elle pouvait téléphoner à deux ou trois de ses copines pour leur dire au revoir car elle était partie sans les prévenir de quoi que ce soit. J'étais un peu hésitant, car je ne savais pas trop ce qui s'était passé au lycée depuis notre entrevue avec la directrice. Il ne fallait surtout pas déclencher une révolution en lançant des informations alarmistes parmi les élèves si la directrice voulait gérer le problème discrètement. Comme elle m'avait laissé son numéro de portable, je l'ai appelée avant de prendre une décision.

Je l'ai trouvée dans un état d'agitation assez décalé par rapport à son sang-froid du matin. Elle m'a expliqué qu'elle avait voulu crever l'abcès tout de suite en mettant les élèves au courant pour qu'ils se tiennent sur leurs gardes. Le résultat semblait malheureusement prendre un sens inverse de ce qu'elle espérait. Plutôt que la consternation, c'est l'excitation qui avait gagné tout l'établissement. Les lycéens avaient l'air tout bonnement réjouis par ces événements terribles. Marion semblait avoir acquis définitivement un statut d'héroïne parmi ses condisciples. La directrice me déconseillait fort de la laisser parler librement à ses amies, parce qu'elle pourrait être amenée à reconsidérer ses actes sous un jour favorable. À peu de chose près, tout le monde l'admirait et l'enviait. C'était effarant, mais c'était comme ça. La directrice comptait refaire un tour des classes pour insister sur l'aspect humiliant et traumatisant de l'expérience vécue par Marion, qui ne devait donc pas trouver l'occasion de tenir un autre discours, fût-ce pour crâner, à l'oreille de ses amies.

Je suis resté un moment en tête à tête avec Iris dans le bureau du secrétariat. Nous étions atterrés. La moindre chose devenait désormais un énorme problème. Impossible de laisser Marion parler librement avec ses amies. Quelle hérésie! Allions-nous vraiment devoir nous transformer en gardes-chiourmes? Lui interdire tout contact? Ce serait un choc de plus pour elle qui devait déjà quitter tant de choses à la fois. Quelle situation inimaginable, pour Iris et pour moi, d'avoir à prendre cette décision-là! Obligés de jouer un rôle que nous ne voulions pas jouer. Empêtrés dans des contraintes détestables. Nous n'en menions pas large et parvenions à peine à nous regarder.

La mort dans l'âme, j'ai fait la proposition suivante: laissons-la téléphoner, mais devant nous, avec le haut-parleur et pas plus de cinq minutes. Iris a acquiescé faiblement et elle est partie chercher Marion dans le couloir. Quand je pense que j'ai toujours jugé odieux de vouloir surveiller la vie privée de ses enfants. Je me sentirais plus misérable de fouiller leur chambre ou de lire leur courrier que de mendier dans la rue. À douze ans, j'avais été mortifié en trouvant un jour ma mère occupée à inspecter mes draps de lit. Et voilà à quoi j'en étais réduit: régenter les conversations téléphoniques de ma fille!

Marion est évidemment tombée des nues devant cette nouvelle attitude. Mais elle était bien trop chahutée par les événements des derniers jours pour protester ou se plaindre. Après nous avoir lancé un regard qui trahissait toute l'incompréhension du monde, elle a téléphoné à Zoé, à Mélissa et à Leïla pour leur dire qu'elle devait changer d'école, qu'elles ne se verraient plus avant longtemps, qu'elle regrettait, etc. Elle avait tout de suite prévenu qu'elle n'était pas seule, mais les autres ont quand même essayé de lui expliquer combien le lycée était entré en ébullition à cause d'elle et que son prestige était maintenant au plus haut. Zoé a même affirmé qu'elle aurait bien voulu être à sa place. Nous faisions plus ou moins semblant de regarder par la fenêtre et d'échanger quelques propos, Iris et moi, afin de rendre un peu moins pesante notre présence, mais quand elle a entendu ces inepties de Zoé, Iris n'a pas pu se retenir et elle est allée s'emparer du téléphone.

— Zoé, c'est la maman de Marion. Écoute, tu dois bien comprendre une chose. Vous imaginez toutes que ce que Marion a fait est très extraordinaire et très courageux. Peut-être même que vous l'enviez. Mais la réalité, c'est qu'elle s'est mise dans un pétrin épouvantable. Elle a peur. Elle doit quitter son école, sa famille, son quartier et ses amis. Notre appartement a été saccagé. Crois-moi, la situation est loin d'être brillante. Alors tu diras à toutes tes copines de fuir cette histoire de tournante comme la peste car ça ne peut leur rapporter que de gros ennuis. Est-ce que tu m'as bien comprise?

Zoé s'en est tenue à un «Oui, madame» de politesse et elle n'a plus eu qu'une conversation factice avec Marion, du genre: «Est-ce que tu auras la télé?» et «Veux-tu que je t'enregistre des disques?»

Parlons-en de la musique. Je ne crois pas être particulièrement ringard ou buté, mais ce qui me dérange profondément dans cette espèce de rap qu'elles écoutent du matin au soir, ce n'est pas le style ou l'absence de style, ou la cacophonie ou le rythme, c'est la violence du message lui-même. Certains morceaux sont parfois des appels au meurtre pur et simple. Quand j'essaie de l'avertir du danger que représentent ces chanteurs qui prônent la loi de la jungle, Marion me répond: « Mais, papa, c'est la société qui est comme ça. Il faut te faire une raison. *Peace and love*, c'est fini. » Et elle a l'air de trouver ça normal.

Ce que je vois, moi, c'est une société qui considère les jeunes comme un marché et rien d'autre. C'est peut-être la pire des choses qu'on leur ait jamais faite. S'enrichir sur le dos de ses propres enfants en les précipitant dans n'importe quelle consommation de masse pourvu qu'ils en redemandent, c'est à mon sens l'exemple le plus effrayant du mépris que l'homme peut se porter à lui-même. Quand on se soucie si peu de l'avenir qu'on empoisonne même le présent, quand tous les débats politiques deviennent creux devant l'efficacité économique, je pense qu'on peut dire qu'on est entrés pour de bon dans l'ère du cynisme. Et tous ces marchands d'agressivité n'ont fait que trouver une nouvelle façon d'exploiter les plus sordides pulsions de l'âme humaine. Hitler unifiait l'Allemagne dans la haine du Juif – il avait encore l'excuse d'une conviction. Le rap unifie le marché dans la haine de l'autre – sans autre motif que le profit.

Leur groupe fétiche, en ce moment, c'est Eminem. Ils ne jurent que par ça. J'ai écouté les paroles et j'ai été horrifié. Quand je pense qu'il y a encore une censure sur le sexe, au cinéma, mais que l'on est autorisé à crier des atrocités pareilles dans toutes les oreilles !

J'essaie de raisonner Marion, mais c'est rare qu'elle accepte de m'écouter. Dès que je m'attaque à ses goûts ou à ses occupations, la moutarde lui monte au nez. Elle me balance que je radote, que je suis un vieux con, un artiste de troisième zone. Quand elle s'emporte ainsi, je la laisse mousser toute seule. Ce n'est pas avec moi qu'elle va pouvoir partir dans l'escalade. Un jour où elle tempêtait, m'accusait d'être un obstacle dans sa vie, j'ai ouvert ma chemise, je lui ai tendu le couteau qui était sur la table et je lui ai dit : « Vas-y, enfonce-le, comme ça je ne t'embêterai plus. Vas-y, n'aie pas peur, je ne tiens pas à la vie. »

Prise à contre-pied, sa colère est tombée d'un seul coup. Marion m'a regardé d'un air ahuri, puis elle est partie brusquement, en marmonnant : « T'es vraiment qu'un pauvre type », pour ne pas perdre complètement la face.

En cas de conflit, elle fonctionne tout de suite dans l'agressivité mais, à force de voir l'exemple inverse, j'espère qu'elle finira par changer d'attitude. Même s'il faut du temps, je ne doute pas qu'elle comprendra.

Je me souviendrai toujours de sa fureur après mon entrevue avec les dealers. Elle m'avait demandé d'intervenir auprès de ces gamins, qui ont grandi dans le quartier, parce qu'ils la harcelaient. Déjà sur le chemin du retour elle fulminait. « Tu te crois malin à jouer les diplomates ? Je ne t'ai pas demandé de venir pour prendre le thé avec eux. Il fallait leur casser la gueule ! Ils ne comprennent que ça. » J'ai répondu que c'était justement une bonne raison pour leur montrer autre chose. Mais elle ne m'écoutait même pas. « T'es qu'un pauvre type ! J'ai l'air de quoi, moi, maintenant ? J'en ai marre ! On peut jamais compter sur toi ! Casse-toi ! Casse-toi ! Minable ! » Ça a été sans doute l'une des scènes les plus violentes entre nous.

Mais quand elle n'est pas en colère, c'est une fille adorable, câline, voluptueuse. Vraiment le jour et la nuit.

Thomas est beaucoup plus régulier dans ses humeurs, mais il peut s'énerver, lui aussi. En particulier quand les copains de sa classe viennent le charrier en lui disant que je ne suis pas son père mais son grand-père (c'est vrai que j'ai la tête de l'emploi). Ça le rend fou de rage. Il fonce dans le tas et il frappe tout ce qui bouge.

Quand on l'a laissé tout à l'heure à l'internat, il a essayé de faire le brave, mais je le sentais très nerveux. Il a demandé : « Qui va s'occuper de nous ? », comme s'il réalisait seulement que nous ne resterions pas près d'eux.

Désormais, toute la semaine se déroulera sous le signe de l'inquiétude. Dans quel état allons-nous retrouver nos enfants le week-end prochain ?

23

Leïla

Marion a téléphoné et c'est vraiment pas de chance parce que mon frère était là. C'est lui qui a décroché, et puis il est resté près de moi tout le temps pour écouter. Elle, elle était avec ses parents, dans sa nouvelle école. Pour se parler, c'était vraiment ce qu'on fait de pire. J'avais quand même déjà appris l'information principale par la directrice. Marion voulait juste me dire au revoir et de ne pas m'inquiéter pour elle.

Depuis un an, on s'entend bien. J'aime bien rire avec Marion. Ça me détend. On a exactement les mêmes idées sur un tas de trucs. Ma famille n'aime pas du tout que j'aie des amies ou des amis français parce qu'ils risquent d'avoir une mauvaise influence sur moi. Je ne pourrai jamais me marier avec un Français, par exemple, parce qu'il ne serait pas musulman. Marion et moi, on est d'accord pour dire que tout ça c'est complètement débile et qu'on doit avoir les amis qu'on a envie d'avoir, c'est-à-dire tous ceux avec qui le courant passe bien. Donc, je ne parle jamais d'elle à la maison, mais mon frère sait qu'on est amies, vu qu'on est dans le même lycée et qu'il nous voit ensemble dans la cour. Il m'engueule régulièrement, et il me dénonce aux parents, alors c'est reparti pour un sermon ou même des coups dans la figure. Je dois éviter de me montrer avec elle dans la cour, ou bien on s'arrange pour trouver une cachette dans le bâtiment, mais si un prof nous voit, il nous oblige à aller dehors.

Heureusement, mon frère ne peut pas surveiller ce que je fais quand je suis en classe. Très souvent, je suis assise à côté de Marion, et Zoé est de l'autre côté. Marion papote tantôt avec l'une tantôt avec l'autre. De toute façon, elle réussit toujours très bien, donc elle n'a pas besoin d'écouter. On a la même passion, elle et moi, c'est de faire des dessins de mode, et on passe des heures à s'échanger des croquis.

Elle ne m'a jamais parlé de cette tournante, mais je savais très bien qu'elle en était parce que j'ai surpris des conversations de mon frère. Quand mes parents partent parfois le soir pour rendre visite à la famille, il fait venir des copains et il m'envoie dormir. Comme ils parlent fort, je n'ai qu'à coller mon oreille à la porte pour savoir tout ce qu'ils disent. J'ai même entendu la première fois où ils ont parlé de faire une tournante. C'est parce qu'ils avaient vu ça dans un film à la télé. « Si on se faisait aussi un harem ? a dit mon frère. On recrute tous, et chacun peut baiser toutes les filles. » Ils étaient très excités. Ils se réunissaient aussi ailleurs, donc je n'ai pas su tout de suite s'ils avaient vraiment fait ce qu'ils disaient. Je croyais que non. Mais des semaines plus tard, j'ai entendu comment ils se félicitaient, et que c'était génial, de la bonne viande toute cuite et gratuite à heure fixe. Ils parlaient du cul d'enfer d'une certaine Aline. Certains se plaignaient de ne pas encore avoir eu leur tour. Mais les autres ont rappelé qu'on avait dit une fois par semaine, sinon elles allaient pas tenir le coup. Il fallait seulement recruter plus de filles pour que chaque mec ait au moins un coup à tirer dans la semaine. J'étais épouvantée.

Si les parents apprenaient ça, je ne sais pas ce qu'ils auraient fait. Ils ne prenaient pas des filles musulmanes, évidemment, mais enfin quand même. Mon frère a toujours été brutal, mais là j'ai su qu'il devenait un gros porc. Je le détestais.

Et puis j'ai entendu le nom de Marion. J'ai cru que j'allais m'évanouir. Le premier qui avait eu le droit de la prendre, c'était justement mon frère. Il était le chef du groupe puisque c'est lui qui avait eu l'idée. Il disait des choses comme : « Elle aimait ça, elle en redemandait, la salope. » Je suis sûre qu'il mentait. D'ailleurs je suis sûre qu'ils mentaient tous, pour faire croire qu'ils baisaient comme des dieux. Ils se faisaient vraiment un délire incroyable dans leur tête.

On dirait que participer à cette tournante, pour eux, c'est comme d'avoir gagné la Coupe du monde. Ils sont les rois. Ils se mettraient des médailles. De toute façon, les mecs peuvent faire toutes les conneries qu'ils veulent, on ne leur dira jamais rien. Mais une fille, il suffit qu'elle se maquille ou qu'on la voie avec un mec pour qu'on la regarde de travers et qu'il y ait plein de rumeurs sur elle. Sa réputation est foutue.

Moi, je n'ai encore jamais couché – mon père me tuerait – mais j'ai deux sœurs mariées qui m'ont dit toutes les deux qu'il n'y avait rien de plus ennuyeux que le sexe. Soit ça fait mal, soit ça ne fait rien de spécial, et de toute façon, il faut attendre que ça passe. Avec Marion, je n'ai jamais vraiment osé en parler. Elle savait qu'avec ma famille j'étais très surveillée et elle évitait le sujet, peut-être pour ne pas me gêner. Je ne peux pas du tout imaginer qu'elle aimait ça et qu'elle est allée là de son plein gré. Mais, même maintenant, je n'oserais jamais dénoncer mon frère. Mon père me tuerait.

Vendredi, après la tournée de la directrice dans toutes les classes, Rachid a claironné à la maison qu'on avait arrêté ma copine Marion parce que c'était une pute. Ça me brûlait les lèvres de dire : « Connard, c'est toi qui l'as obligée », mais c'était impossible et j'ai dû supporter en silence qu'il insulte mon amie et qu'il me méprise d'être son amie.

Et tout à l'heure, au téléphone, il a espionné notre conversation pour apprendre tout ce qu'il pouvait. Mais elle ne racontait pas grand-chose, vu qu'il y avait aussi ses parents dans la pièce. Alors il m'a dit à voix basse de lui demander où elle était. Je n'ai pas voulu. Il a répété avec son air méchant. Je tremblais de trouille à l'idée de ce qu'il allait me faire après, mais j'ai quand même refusé encore. Alors il a pris ma main gauche, et d'un seul geste il a écrasé sa cigarette en plein milieu. J'ai crié. Marion a demandé ce qui se passait. À ce moment-là, mon frère était debout et brandissait sa cigarette à côté de ma figure. Je pense qu'il avait envie de me tuer. J'ai bredouillé :

— C'est rien, je me suis cognée.

Et puis :

— Dis, je voulais te demander, il est où ton internat ?

— C'est à trois cents kilomètres mais je ne peux pas donner l'adresse. C'est confidentiel, tu comprends ?

— Oui, bien sûr.

Rachid fulminait, mais il voyait bien qu'il n'y aurait pas moyen d'en savoir plus. Déjà, elle n'aurait pas dû parler des trois cents kilomètres. Il n'y a peut-être pas trente-six internats dans un rayon de trois cents kilomètres. Si Rachid arrive à la retrouver à cause de moi, je ne me le pardonnerai jamais.

Il a une dent contre elle depuis qu'il a voulu sortir avec elle et qu'elle l'a remballé. Il l'a harcelée pendant un bon moment, puis elle a dit qu'elle sortait avec Benoît. À cette époque, je n'étais pas encore amie avec elle, mais elle m'a raconté. Mon frère était furieux. Alors, toute cette histoire de tournante, c'est peut-être seulement un moyen qu'il a trouvé pour la baiser quand même. Je me souviens qu'il a dit que Marco avait très bien fait son travail de recrutement avec elle. Elle était persuadée qu'elle allait rencontrer des gens plus âgés et venant d'un autre quartier. Elle ne s'est pas doutée, en voyant un type qu'elle ne connaissait pas, qu'elle allait retomber sur Rachid.

24

Marion

Je suis arrivée dans ma nouvelle classe et personne ne m'a posé de questions. En fait, il y a une bonne raison. C'est qu'on est tous ici plus ou moins des rescapés. Alors quand un nouveau arrive, on lui fiche la paix, le temps qu'il récupère. C'est ma voisine qui m'a raconté ça. La psy nous avait bien expliqué que l'internat accueille surtout des cas difficiles, des gens qui pour une raison ou une autre ne peuvent plus rester dans leur école. Il y a des problèmes de discipline, il y a des problèmes de délinquance, il y a des problèmes de drogue. Maintenant, il y a des problèmes de tournantes. Mais dans l'ensemble, on a tous fait un pas de travers.

Les parents ont discuté longtemps avec le directeur pour savoir si c'était le meilleur endroit pour Thomas. Le type ne refusait pas de le prendre dans l'établissement mais trouvait que c'était un peu trop radical pour quelqu'un qui est lié seulement de loin à mes problèmes. Une famille d'accueil ou un séjour dans la famille tout court seraient peut-être plus indiqués. C'est là que maman a parlé de déménager, pour pouvoir mettre Thomas dans une école normale, ici dans la région. Puis elle a dit à papa: «Non, ça ne va pas non plus. Il y a ton boulot.» Ils sont restés perplexes et le directeur a dit : « Bon, laissez-le ici pour cette semaine, il ne va pas en mourir, mais dès que vous aurez une meilleure solution, prévenez-moi. »

Moi, ce qui m'embête, ce n'est pas du tout que ce soit une école spéciale ou un internat, les gens ont l'air assez normaux en fait, mais c'est plutôt l'aspect ghetto de la chose. Pour pouvoir sortir en dehors des visites des parents, il faut demander une autorisation et avoir une bonne raison. Or, c'est difficile à trouver, une bonne raison, puisque tout autour c'est la cambrousse. D'ailleurs, ça limite en même temps l'intérêt de sortir. C'est pas dans le coin qu'on va trouver un magasin de fringues ou une boîte. Le premier village est à cinq kilomètres et ça ne doit pas être l'ambiance Pigalle. Les parents ont dit qu'ils viendraient me voir tous les week-ends tant que je ne voudrais pas rentrer chez eux (ça non, je ne veux pas), mais ce que je préférerais de loin, c'est rentrer passer les week-ends chez Sergio, ou chez n'importe qui pourvu qu'il n'ait rien à voir avec tout ça. Si je dois rester toute ma vie ici, je vais devenir folle.

J'avais prévu de retéléphoner plus tard aux copines, quand les parents seraient partis, mais pour ça aussi il faut une autorisation. Il n'y a même pas une cabine téléphonique dans toute cette caserne (et inutile de dire qu'on m'a tout de suite confisqué mon portable, j'étais furax). Il faut passer par le secrétariat, et ils préviennent d'abord les parents (sauf si c'est pour appeler les parents, ils ne leur téléphonent pas d'abord pour demander si on peut leur téléphoner !). Et les cigarettes, quelle histoire ! Interdiction de fumer dans les bâtiments, où que ce soit, même dans les chambres. Seulement à l'extérieur, et on ne peut pas non plus sortir pour en acheter, il faut emporter ses provisions avec soi. Donc, il n'est pas question que je me traîne ici tous les week-ends. Je vais rentrer à Paris et je ferai gaffe de ne fréquenter aucun des endroits où j'allais avant. Je pourrai toujours fixer des rancards aux copines sans dire où je crèche. C'est trop vite arrivé les imprudences. Déjà, quand j'ai téléphoné à Leïla, je suis à peu près sûre que cet enculé de Rachid était là et l'obligeait à me faire parler. Je l'ai envoyé à trois cents kilomètres, pour l'occuper.

J'aurais bien dû me douter que ce trou-de-balle faisait partie de la tournante. Mais quand j'ai commencé, on m'a dit que c'étaient tous des types d'un autre quartier, et d'ailleurs les rendez-vous avaient toujours lieu assez loin. Mais lui, j'ai reconnu ses yeux quand je les ai vus à travers la cagoule au bout de je ne sais pas combien de mois. Ma colère, quand j'ai su que je me faisais tringler par ce con que je ne pouvais pas encadrer! Je crois que c'est là que tout a basculé. Quand le sexe avec des inconnus s'est transformé en viol par mon voisin de palier. Il habite deux rues plus loin, mais c'est pareil. C'est le type qui me fait chier depuis que j'ai neuf ou dix ans. Il a jamais arrêté de me draguer, mais alors dans un style d'une subtilité à couper le souffle. Genre: «Suce ma bite» – et il me pousse dans un coin. Ou bien: «Je sais que tu mouilles pour moi.» Bref, la grosse sangsue vicieuse, méchante, avec des filaments dans le crâne. C'est encore lui qui m'a pourri la vie quand il voulait absolument me faire acheter du speed et d'autres saloperies. Parce qu'il deale, bien sûr. Et maintenant, il s'est arrangé pour me bourrer à son aise sans me demander mon avis. Chaque fois que c'est lui, je le reconnais parce qu'il ne dit rien et qu'il m'empêche de le regarder. Il me prend toujours par-derrière ou bien il m'oblige à le sucer. Juste avant de venir, il m'empoigne par les cheveux et m'arrose toute la figure. Puis il me jette au sol et il s'en va. Si seulement je pouvais le tuer.

116

Leïla ne sait rien de tout ça, évidemment. Elle vit dans un tel enfer, entre lui et ses parents, je ne vais pas encore en rajouter. C'est dingue ce qu'elle peut être brimée. On lui impose tout : son emploi du temps, ses fréquentations, sa façon de parler, sa façon de s'habiller, et bientôt son mari. C'est comme s'ils la prenaient pour un animal et pas pour un être humain. Quand je lui donne une cassette, elle ne peut même pas la rapporter chez elle parce qu'on va la lui écouter puis la jeter tout de suite à la poubelle. Pour l'argent, n'en parlons pas, elle ne reçoit absolument rien, et même si je lui en file, elle n'ose rien acheter avec parce qu'elle ne pourrait pas le montrer à la maison. C'est des monstres dans cette famille. Et ses sœurs qui se réjouissaient de quitter la maison, maintenant elles sont sous la coupe du mari. Je ne comprends pas comment c'est encore possible de vivre comme ça en 2001 à Paris. J'ai proposé à Leïla de l'emmener en vacances avec nous, l'été passé, mais elle n'a même pas voulu essayer de demander la permission, on l'aurait battue.

Honnêtement, je trouve que ce n'est pas grand-chose de tomber dans une tournante, à côté de ce qu'elle vit, Leïla. Il suffit de serrer les dents une fois par semaine. Elle, c'est du matin au soir, depuis qu'elle est née. On laisse son con tranquille (c'est bien trop précieux pour le mariage), mais tout le reste y passe. On la viole en permanence. Parfois, je me demande comment elle fait pour ne pas devenir folle. Même avec une seule fois par semaine, moi j'ai fini par craquer.

Il faut dire que ça se dégradait de plus en plus. Si c'était resté comme au début, ça aurait pu aller. Mais à partir du moment où j'ai reconnu Rachid, j'ai commencé à redouter les rendez-vous. J'avais trop de dégoût à l'idée que ce soit lui. Et puis aussi, dans les deux ou trois derniers mois, leur comportement s'est mis à changer. Ils ne se contentaient plus de tirer leur coup. Ils devenaient mauvais, ils voulaient m'humilier. Un jour, il y en a un qui s'est mis à me pisser dessus, et puis tous les autres l'ont imité. Il y a eu de la merde aussi. Répugnant. Une autre fois, le type m'a mis un bandeau très serré sur les yeux, puis il m'a prise par-devant, et je me suis rendu compte qu'il y avait d'autres types qui regardaient. On était dans une cave merdique avec un matelas par terre. Quand il est sorti, j'ai voulu me relever, mais il a gueulé : «C'est pas fini !» Et c'est un autre type qui est venu me fourrer. Ils étaient trois. Je ne sais pas si c'était une petite combine à part entre eux pour pouvoir niquer plus souvent. Mais pour moi, ça commençait à faire lourd. J'ai eu mal au vagin pendant trois jours. J'étais malade déjà le mercredi soir à l'idée d'y retourner le lendemain. Bref, ça devenait de plus en plus sordide et insupportable. Je suppose qu'ils s'étaient habitués à leur petit jeu et que ça ne les excitait plus autant. Il leur fallait des sensations plus fortes. Il y en a un aussi qui me pinçait les seins presque jusqu'au sang parce qu'il voulait m'entendre pleurer. Il m'avait mis un mouchoir dans la bouche (sale, en plus) et il disait : «Chiale, allez chiale, j'ai envie de baiser une conne qui chiale.» C'est à ce moment-là que j'ai vraiment commencé à paniquer, parce que pleurer et respirer par le nez en même temps, c'est pas possible. J'étais en train d'étouffer et ce débile ne s'en rendait même pas compte. Il aurait pu me tuer. Heureusement, il a joui assez vite et il s'est tiré en récupérant son mouchoir. J'ai toussé, craché et pleuré en jurant que je ne pouvais plus accepter ça. En tout cas, il ne s'était pas trompé. J'étais qu'une conne qui chiale.

Mélissa, c'est bizarre, elle n'a jamais vraiment décroché. Et ils ne sont pas non plus aussi infects avec elle. Je pensais qu'on aurait pu se tailler ensemble, mais elle trouvait ça trop compliqué. Quand je pense à tout ce que j'ai appris avec elle, avant qu'on se mêle de s'intéresser aux mecs. En fait, c'était bien mieux. On se faisait exactement ce qu'on voulait. Mais ça, on ne pouvait pas le savoir. On croyait que c'était juste un apéritif en attendant. En fait pas du tout. Ça n'a jamais été aussi bien après.

25

LeMonde.fr, 24 avril 2001

Onze jeunes jugés pour deux viols collectifs à Paris

Onze jeunes gens, de Paris et de banlieue, accusés d'avoir collectivement violé à deux reprises une même jeune fille dans des caves d'une cité de la capitale, en 1993 et 1994, comparaissent depuis mardi 24 avril pour un inhabituel procès de « tournantes » devant la cour d'assises des mineurs de Paris.

Le procès, qui doit durer jusqu'à lundi prochain, se déroule à huis clos, en présence de dix des onze accusés. Âgés aujourd'hui de 23 à 28 ans, ceux-ci avaient, à l'époque des faits, de 15 à 21 ans. Ils étaient lycéens, peintre en bâtiment, manutentionnaire, bénéficiaire d'un stage de remise à niveau, sans activité ou en « rupture scolaire ». Quatre d'entre eux ont participé aux deux agressions dont a été victime Sabrina, une lycéenne « en grandes difficultés psychologiques », selon l'expert-psychiatre.

La jeune fille avait tout juste 14 ans lors de la première « tournante », ce viol collectif d'une adolescente présumée « facile », commis par un groupe de jeunes, à l'instigation du petit ami de la victime. Après un rapport sexuel consenti à la sortie de l'école, le 3 octobre 1993, avec son ami Osmane, 19 ans, dans une cave de la cité des Eiders, dans le XIXe arrondissement de Paris, Sabrina a été laissée « à la disposition » de quatorze copains d'Osmane, âgés de 15 à 20 ans.

Sept jeunes ont été arrêtés pour ces faits. Les trois plus jeunes ont été renvoyés devant un tribunal pour enfants. Quatre autres comparaissent aujourd'hui devant la cour d'assises des mineurs. Les trois premiers pour viol, le quatrième, Osmane, pour non-assistance à personne en danger.

L'affaire est jugée après la plainte de Sabrina. Cependant, c'est aussi à cause de cette plainte qu'a eu lieu le second viol, en septembre 1994, pour lequel dix accusés sont présents. Repérée un an après le premier viol par l'un de ses agresseurs alors qu'elle allait faire des courses à la porte de la Villette en autobus, Sabrina a été accostée par une dizaine de jeunes. Souhaitant la punir, ils ont entraîné l'adolescente de nouveau dans les caves de la cité des Eiders pour la violer jusqu'à minuit.

Deux l'ont déshabillée et violée avant de laisser la place aux huit autres. Quatre avaient déjà participé à l'agression précédente.

Dénoncés par la victime, qui en connaissait certains, tous ont nié, arguant qu'elle était consentante. Mais les magistrats ont jugé le consentement improbable compte tenu du nombre de participants, attesté par les préservatifs retrouvés. Certains ont fini par avouer. Tous, accusés de « viol en réunion », ont été remis en liberté après plusieurs mois de prison.

26

La sœur de la mère

Iris ne va pas bien. Elle et Hermann sont retournés dimanche à l'internat voir les enfants. Marion s'ennuie déjà et parle de revenir le week-end à Paris, en logeant chez des amis. Thomas ne s'adapte pas du tout et il s'est complètement replié sur lui-même. Personne n'a pu en tirer un mot de toute la semaine, à part sa sœur. Finalement, ils l'ont ramené ici et on va lui chercher une autre école. Iris est complètement perdue. Elle s'était plus ou moins fixée sur l'idée d'aller s'installer là-bas, dans le village près de l'internat, du moins pendant quelque temps. Ainsi, les enfants pourraient venir chez elle le week-end. Mais Marion ne veut pas rester dans ce trou perdu et Thomas est déjà de retour à Paris, donc elle doit changer tous ses projets.

Elle est arrivée à un point où elle remet tout en question. Elle qui n'a jamais dit un mot contre Hermann, je l'entends critiquer ses grandes idées et son attitude bravache. « Il ne veut pas faire un pas en arrière. Il croit qu'il va décourager un réseau à lui tout seul. Même la police y a renoncé, alors qu'est-ce qu'il espère ? Il devient pitoyable et dangereux pour sa propre famille. Je suis sûre que dans le quartier on le montre du doigt en riant. »

Pour moi, Hermann a toujours été un peu risible dans ses croisades humanistes. C'est le genre à refuser d'acheter des bananes s'il n'a pas la garantie qu'elles ont été cueillies par des ouvriers correctement payés. Passe encore, mais il gratifiera le vendeur d'un long discours sur les droits de l'homme et la responsabilité des commerçants, discours qui ne lui rapporte jamais que moqueries ou agacement. Bien sûr, il a raison sur le fond. Si chacun lui emboîtait le pas, on vivrait dans un monde meilleur. Mais vu les mentalités ambiantes, il ne fait jamais que se donner en spectacle. Parfois, il me fait penser aux prédicateurs de Hyde Park qu'on laisse s'époumoner dans le vide, ou alors qu'on écoute d'un air goguenard en léchant un cornet de glace, le dimanche, quand il n'y a rien à la télévision.

C'est terrible de se dire que des notions comme la liberté, la justice, l'éducation ou la santé, dès lors qu'il s'agit d'autrui, passent pour aussi folkloriques que n'importe quel baratin. Parlez de conscience politique ou parlez de la venue du Messie, vous récolterez les mêmes sourires narquois. Quand Hermann participe à une marche pour protester contre le travail des enfants ou le rapatriement des sans-papiers, ce ne sont pas les forces de police qui l'empêchent d'avancer, ce sont les touristes qui prennent des photos. Personnellement, il y a longtemps que j'ai renoncé à ces coups de gueule que le système digère en toute quiétude. Piqûres d'épingle sur une peau d'éléphant. Mais Hermann n'a jamais voulu baisser les bras. Il prêche à qui veut l'entendre, sans réaliser que les seuls qui tendent l'oreille se contentent de sourire.

Iris, elle, se borne à suivre Hermann. Depuis vingt-cinq ans, elle suit. Elle marche avec lui, elle signe les pétitions, elle achète les produits frappés du label « commerce équitable » (pourtant Dieu sait s'ils n'ont pas trop d'argent). Mais au moins elle évite le prosélytisme puisqu'elle n'a pas cette éloquence qui porte Hermann à discourir à toute heure du jour. Je n'ai jamais su si elle réalisait qu'Hermann peut passer pour un Martien dans son entourage. Je n'ai jamais osé lui poser la question. Mais je ne comprenais pas comment elle pouvait continuer à aimer un homme qui éveillait tant d'agacement ou de pitié.

Maintenant, elle ouvre enfin les yeux. Elle m'a dit hier: «Après ce qui s'est passé, je me dis maintenant que... peut-être... avec les enfants... il s'y est toujours pris de travers. »

Alors pourquoi il fait de la photo, mystère. Là, ce n'est pas pour militer, non, il ne défend pas les droits de l'homme, mais il ne fait pas non plus ce qu'on appelle de la photo d'art au sens habituel. Il choisit un thème, en général étrange, et il travaille là-dessus pendant des mois. Dernièrement, il a fait toute une série de clichés sur les bouches à incendie. Chaque fois qu'il voit une bouche à incendie qui lui plaît, avec son environnement et la lumière, il la photographie et puis il la tire en plusieurs exemplaires, il déchire, il colle, il crée une composition selon une logique obscure. Des jours et des jours de travail sur chaque thème. Avant ça, c'étaient les pantoufles, et encore avant les poignées de porte. Il a fait vingt ou trente compositions à partir de ses photos de poignées de porte. Comme quoi il peut rester silencieux de longs moments. J'ai peine à le croire parce que, chaque fois que je le vois, il est incapable de se taire une minute. Mais en même temps, il dit qu'il a terriblement besoin du recueillement et de la concentration que lui apporte la photo, justement pour compenser sa tendance à tout investir dans la parole. Quoi qu'il en soit, Iris ne s'est jamais plainte.

J'ai souvent pensé qu'elle avait besoin de se rac-crocher à une personnalité forte, peut-être pour remplacer notre père. Lui aussi parlait tout le temps, lui aussi tâchait de convaincre tout un cha-cun, mais dans un genre très différent. Culture clas-sique, valeurs chrétiennes, obsession de l'effort, phobie de la veulerie et de la médiocrité. L'école, pour lui, n'était qu'un préalable, un minimum vital. L'éducation véritable, il nous la donnait après les cours, en lisant Sophocle en grec, et nous étions tenues de lui remettre plus de versions et d'analyses de textes que nous n'en avions jamais à rendre à l'école.

Iris a peut-être cherché un suppléant, quelqu'un qui sait ce qu'il faut faire et qu'elle peut suivre sans se poser trop de questions. Moi, au contraire, j'ai couru vers une vie sans maître (à part ceux que je me choisis dans les livres, Sénèque, Montaigne ou Jankélévitch), et je m'étonne qu'elle puisse se com-plaire dans la docilité. Je l'ai toujours vue approu-ver Hermann. Impossible de savoir si c'est juste pour lui faire plaisir, comme avec papa, ou bien par conviction. Il m'arrive parfois de me demander si elle a des idées personnelles. Elle prend tout ce qu'on lui dit avec un léger sourire et semble toujours un peu perdue dans ses rêveries.

Sauf maintenant. Avec ce qui arrive à Marion, elle réagit enfin pour elle-même. C'est son noyau vital qui est atteint et elle refuse d'aller plus loin. Du coup, rien ne va plus dans sa tête. À quoi va-t-elle se réfé-rer maintenant pour régler sa conduite si ce n'est plus Hermann qu'elle suit ? À quarante-cinq ans, est-ce qu'on peut apprendre à ne compter que sur soi-même ? Je suis très embarrassée de lui donner mon avis. Je ne comprends pas vraiment ce qu'elle fait avec Hermann, mais c'est le cas depuis vingt-cinq ans, donc à quoi bon le lui dire maintenant ? J'ai peur qu'elle ne soit pas de taille à naviguer toute seule. Elle a six ans de plus que moi, mais je la vois comme une enfant. Avec Hermann, elle a un guide, un peu illuminé, mais enfin il la tient par la main.

Le problème, c'est qu'elle a probablement perdu la possibilité de lui faire confiance. C'est injuste, au fond, parce qu'on ne peut pas dire que ce soit la faute d'Hermann si Marion s'est laissé entraîner dans une sale histoire. Iris était là autant que lui pour l'élever. Mais non, justement, elle était là moins que lui. Pour bichonner, pour bavarder, elle était là, mais dès qu'il fallait décider, c'était : « On va demander à papa » (la même phrase que notre mère, exactement).

Je me souviendrai toujours de leurs débuts ensemble. Mon père a vu un jour Iris revenir à la maison à l'arrière d'un scooter. Il l'a accueillie sans ménagement : « Qui est ce jeune homme qui te ramène sans même venir se présenter ? – Un ami, a répondu Iris en rougissant. – Dis à ton ami que ma fille n'est pas autorisée à tenir par la taille un inconnu de ses parents et rentre à pied la prochaine fois. » Le ton était donné. Quand mon père a appris qu'Hermann n'avait aucun diplôme, pas de métier sérieux, et avait rompu avec ses parents, il a poursuivi de ses invectives Iris, qui a simplement attendu d'avoir fini ses études et de gagner sa vie pour s'installer avec lui. C'est sa méthode à elle, ça, jamais d'affrontement direct, tout par la bande.

Chez Hermann, elle était immensément séduite par le côté bohème, les idées gauchistes, les projets artistiques. Cela changeait tellement du classicisme paternel. Mais pour l'éloquence, elle restait logée à la même enseigne – ce qui ne la gênait pas, apparemment. Sans doute avait-elle pris le pli d'écouter. Avec moi, papa avait plus de mal à dérouler ses discours kilométriques. Dès quatorze ou quinze ans, je critiquais, j'argumentais ou je montais m'enfermer dans ma chambre. Et le premier qui essaie encore de me farcir les oreilles, il me voit détaler à toutes jambes. C'est pourquoi j'ai toujours eu un peu de mal avec Hermann. Je me retiens pour ne pas faire de peine à Iris. Mais qu'est-ce qu'il peut me gonfler, parfois !

Je trouve tellement dommage qu'Iris ne consacre pas davantage d'énergie à s'épanouir. Toute son attention se porte toujours vers son mari et ses enfants. Je ne peux m'empêcher d'avoir l'impression qu'ils la dévorent alors qu'elle mériterait beaucoup mieux que ça. C'est une femme intelligente, sensible et très raffinée souvent dans ses idées, lorsqu'elle prend la peine de les exprimer. Mais en général, elle s'efface devant le discours des autres, plus affirmé. Devant leurs requêtes et leurs doléances, plus importantes que les siennes. Iris n'est que ce qu'il reste quand les autres se sont servis.

Avec moi, qui ne lui demande rien, elle s'autorise parfois à devenir elle-même, furtivement et presque sans s'en apercevoir. Je l'entends ébaucher tout à coup des vues très personnelles sur la psychanalyse ou la méditation orientale. Elle a des intérêts spécifiques, mais qu'elle ne développe pas. Ça fait vingt ans que je l'entends parler de suivre telle ou telle formation, et que je la vois prendre sporadiquement des renseignements sans jamais aller jusqu'à s'inscrire quelque part.

Dans son boulot, c'est la même chose. Elle se contente de faire des traductions publicitaires pour gagner sa vie alors qu'elle aimerait cent fois mieux la traduction littéraire, pour laquelle elle est douée en plus. Seulement, c'est plus difficile à trouver, c'est plus exigeant, plus risqué aussi, et ma sœur s'habitue tout doucement à l'idée que la médiocrité sera plus qu'un passage obligé.

Iris, c'est une demi-Iris. Un projet d'Iris. Une femme toute en promesses mais qui ne se donne la peine d'en explorer aucune.

Mon côté dur trouve cela impardonnable. Nous avons tellement plus de liberté que nos mères, c'est presque un devoir – ne serait-ce que par respect pour elles – d'en faire bon usage. Mais il y a, bien sûr, une question de caractère. Iris est indécise, et surtout influençable. Quiconque affirme un projet, à côté d'elle, fera l'ombre où elle restera cachée.

Au fond de moi, je sais qu'il y a une part de responsabilité chez notre père. Il tenait ses filles pour de futures femmes au foyer et reportait toutes ses attentes sur notre jeune frère. Il nous a poussées vers des études classiques, mais uniquement pour peaufiner notre éducation et faire de nous des épouses cultivées. Je sais qu'Iris a souffert de son mépris. C'est-à-dire qu'elle l'a pris au sérieux et s'est peu à peu convaincue de son insignifiance – tandis que moi je me piquais au jeu et relevais le défi.

Encore aujourd'hui, je sens planer l'ombre paternelle quand je vois Iris si effacée et si modeste, comme si elle attendait toujours sa permission pour se mettre à exister.

Ce que j'aime le plus chez Marion – et il faut sans doute mettre cela au crédit d'Hermann –, c'est qu'elle est au contraire pleinement épanouie. Elle n'a bien sûr pas réalisé toutes ses potentialités à quatorze ans, mais cet âge où elle est, elle le vit totalement, courageusement, sans donner l'impression navrante, comme sa mère, de se réserver pour un éternel plus tard qui ne fait que nous priver d'elle en grande partie.

quatrième fois et cela, jusqu'à ce qu'elle se sou-
vienne... non mais, je rêve ou quoi ? Non, très
bien... comme ça... Tu te fiches de moi ou quoi ?
Je te flanque un coup de fusil que nous avons à disposition pour...

27

L'ami du père

Hermann commence tout doucement à m'inquiéter. Quand je l'ai vu vendredi soir au vernissage, il
était encore sous le choc mais il réagissait plutôt
bien. Enfin, il était animé, il expliquait, il commen-
tait, on sentait qu'il avait de l'énergie pour faire face.
Mais entre-temps, il est rentré chez lui sans Iris, qui
préfère rester chez sa sœur, et je crois que ça lui a
fichu un coup. Sans elle, il boit encore plus. Le lundi
matin, il a de nouveau retrouvé les quatre pneus de
sa voiture crevés. À croire qu'il s'agit des mêmes
types qu'au moment de ses ennuis avec les dealers.
Mais ils ne sont plus remontés dans l'appartement.

Il a eu un travail fou pendant le week-end à vider
toute la casse, nettoyer et ranger. Iris l'a aidé une partie du temps. Mais elle ne veut plus habiter là-dedans.
Elle a peur. Hermann dit qu'on ne peut pas baisser
les bras comme ça, s'avouer vaincu, parce que c'est
ce qu'ils cherchent. Je le comprends un peu, mais je
ne crois pas que je serais de taille. Surtout si cela
menace de faire éclater mon couple. Mais Hermann
dit que le problème va bien plus loin que la question
de l'appartement. Il a complètement perdu le contact
avec Iris. Elle s'est refermée d'un coup. Elle parle
d'échec total, de crise qu'elle ne pourra pas surmon-
ter. Et elle demande à rester seule. Hermann est

effondré. Il pouvait encaisser de graves révélations sur la vie privée de sa fille, pour autant que l'avenir reste ouvert, mais cette menace de perdre Iris, ça le détruit à vue d'œil. Alors il ouvre une deuxième bouteille. J'ai peur de ce qui pourrait lui arriver. Pendant vingt-cinq ans, c'est Iris qui l'a stabilisé, tranquillisé, orienté dans l'existence. Avant ça, c'était un animal errant. Il a quitté sa famille dès qu'il a appris pour son père. Il n'a jamais voulu beaucoup en parler. C'était comme une tare invisible qui minait encore sa mémoire, même s'il avait rompu toutes les amarres. Mais maintenant, ce passé resurgit brusquement, réveillé par le drame de sa fille. Hier soir, après le dixième verre, il m'a dit sans préambule :

— Tu sais que mon père a travaillé pour les Allemands, pendant la guerre ?

— Oui, tu me l'avais vaguement dit.

— Non seulement il s'est rangé de leur côté, comme tous les lâches, mais en plus il voulait les aider. Tu sais pourquoi ? Parce qu'il partageait leur idéologie.

— Hermann, tu n'as rien à voir avec les fautes de ton père. Tu n'as pas à les porter.

— Non, non. Je ne porte rien. Je constate seulement, et déjà ça, c'est difficile. Mon père a fait des pieds et des mains pour être engagé comme chauffeur à la Kommandantur et il a rendu tous les services possibles aux occupants. À force de zèle, il est devenu une sorte d'homme de confiance. Il était fasciné par le peuple aryen, par les ambitions de la grande Allemagne, etc. Un vrai nazi, quoi. En remerciement, il avait droit à un traitement de faveur, alors que ses voisins supportaient toutes les privations. Il recevait du lait tous les jours pour moi qui venais de naître. C'est ma mère qui m'a raconté tout ça, beaucoup plus tard, après avoir quitté mon père. Donc, grâce à lui, j'ai été élevé au lait allemand sorti des vaches françaises. Tu vois un peu l'héritage ?

— Et il n'a pas eu d'ennuis, à la fin de la guerre ?

— Bien sûr que si. Il a dû déménager précipitamment. Il nous a emmenés à l'autre bout de la France, où il est devenu un commerçant honorable. Tout son passé soigneusement gommé. Je me souviens que ma mère lui disait parfois : « Ne parle pas de ça devant le petit ! » Je savais qu'il y avait un secret honteux que je ne devais pas connaître. Et un jour, j'ai trouvé un paquet de photos, cachées dans le grenier, où on le voyait poser avec des officiers allemands. J'ai découvert aussi des drapeaux nazis. Je suis parti sur-le-champ. J'avais quatorze ans et j'étais déjà communiste.

Voilà pourquoi Hermann a quitté le circuit scolaire et a vagabondé quasiment comme un chien pendant des années – sauf quand il était hébergé et entretenu par des femmes qui le trouvaient à leur goût. Quand je l'ai rencontré, il venait de commencer la photo et rôdait autour de l'Académie. Il avait déjà fait trois séjours en taule pour des larcins divers. Heureusement, un peu plus tard il a rencontré Iris et s'est démené comme un fou pour devenir digne d'elle.

— Est-ce que tu t'imagines que, quarante ans plus tard, ma fille subit un choc, exactement au même âge que moi, dont la violence l'amène à plaquer la famille et à se mettre au brigandage ? On ne me dira pas que l'histoire ne se répète pas !

— Peut-être, mais ses motivations n'ont rien à voir avec les tiennes !

— Bien sûr. Moi, j'étais déjà complètement en révolte contre les idées et l'éducation de mes parents. Je ne voulais pas étudier, je ne voulais pas aller à l'armée, je ne voulais pas mener une vie réglée comme du papier à musique. C'était bientôt les années soixante, un vent de contestation soufflait à l'extérieur et j'avais des fourmis dans les jambes. Alors cette boîte de photographies, ça a vraiment été le détonateur.

Il a encore vidé un verre d'un seul trait. C'était la première fois qu'Hermann me donnait des détails sur ces instants décisifs de sa jeunesse. Et j'ai compris enfin, dans une illumination, la clé du parcours artistique de mon plus vieux copain. J'étais depuis toujours intrigué par son investissement farouche dans la photographie, couplé à une volonté permanente de ne presque rien mettre dans l'image : des objets anodins, de l'infime, du quotidien. Maintenant, tout devenait clair. Hermann obéissait à une double nécessité : faire à la photographie une sorte d'allégeance nécessaire, et en même temps refuser de lui accorder tout contenu signifiant, qui rappellerait la source du traumatisme donc il souffre encore aujourd'hui. S'il photographie des riens du tout, c'est pour remplacer l'image des officiers nazis. Je n'ai pas eu le temps de lui proposer mon interprétation car il poursuivait déjà :

— Je n'ai jamais regretté d'être parti, et mon père peut crever la bouche ouverte. Quand je pense qu'il est resté nazi, encore aujourd'hui. Il doit être content, tiens, de voir comment le monde tourne. Les régiments SS n'étaient pas nécessaires pour imposer les thèses fascistes, il suffisait d'attendre. Regarde où on en est : plus d'Union soviétique, plus de mur de Berlin, et moi j'ai cinquante-six ans et je m'appelle toujours Hermann !

C'est évidemment un prénom un peu spécial, dont je n'avais jamais osé lui demander l'origine. J'aurais pu la deviner, puisqu'il m'avait déjà parlé de son père collabo, mais je n'avais jamais fait le rapprochement. Quel idiot, de passer à côté de ça sans me poser de questions, alors que pour lui ce doit être une malédiction permanente! Mon Dieu, tout ce qu'un père peut faire porter à son fils, avant même de lui adresser son premier mot ou son premier sourire! Hermann parlait toujours:

— Mais ce qui me trouble le plus, c'est cet effet de résonance, tu comprends, entre mon père qui adopte l'idéologie conquérante d'un peuple blond aux yeux bleus, qui en reprend toutes les idées, notamment xénophobes, et puis ma fille qui se fait tringler toutes les semaines par des bruns aux yeux bruns sans pouvoir s'échapper. Je suis allergique à toute idée de damnation, de punition et autres conneries, mais ça me trouble, c'est plus fort que moi. J'ai lutté toute ma vie contre l'intolérance, et c'est vraiment comme si on voulait m'obliger à revenir vers la haine. Eh bien je refuse, tu entends? Je ne veux pas, et je ne peux pas. C'est un domaine interdit. Arpenté par mon père. Épuisé.

J'ai compris que l'essentiel du drame, et probablement sa cause, se trouvait là. Car *il y a* un lien, bien sûr, entre le nazisme du grand-père et le dérèglement de la fille. Ce lien, c'est la paralysie du père. Il y a fort à parier que Marion n'en serait pas là si Hermann avait osé se montrer plus ferme.

Et tandis qu'Iris découvre aujourd'hui le goût horrible du ressentiment et de la haine, le domaine demeure à tout jamais tabou pour Hermann. Il voit s'éloigner vers ce terrain maudit la compagne qui était toujours restée auprès de lui, et il ne peut pas la suivre.

Mais elle, de son côté, ne supportera jamais qu'il soit allé jusqu'à immoler sa fille sur l'autel d'une idée, une seule, celle que tous les hommes sont bons.

Il a tort, bien sûr, mais ne peut pas se dédire, sous peine de se désintégrer. Pour ma part, en tant qu'homme civilisé et tranquille, peintre de paysages, bon vivant, je me suis interrogé longuement sur l'attitude des agresseurs. Qu'est-ce qui peut bien passer dans la tête d'un homme capable de faire ce que ces hommes ont fait à Marion ? Au premier degré, j'ai pensé : déterminant social. Un groupe de jeunes manifeste cette sauvagerie parce qu'ils obéissent à des codes culturels, façonnés notamment par la religion musulmane. Mais l'islam n'est pas la seule religion qui brutalise les femmes, loin de là. C'est même tellement universel qu'il faut admettre ceci : la religion ne fait qu'entériner, cautionner par une volonté supérieure, ce que les hommes ont toujours fait. À la base, il y a un mécanisme de reproduction sociale clairement institué.

Quand j'ai travaillé au Cameroun comme volontaire, en remplacement de mon service militaire, j'ai vu mourir en couches une fillette de treize ans qu'on avait mariée de force à un homme de soixante. Outre cette violence physique faite à un corps beaucoup trop jeune pour accoucher, j'ai été horrifié d'apprendre les réactions du village. C'est le vieil homme qui était courroucé de la « mauvaise qualité » de sa femme, et les parents de la fille, mortifiés et honteux, ont dû s'excuser avec moult cadeaux pour compenser l'investissement malheureux. Même dans un cas aussi extrême, l'ordre social est profondément ancré dans les mentalités au point que les femmes sont les premières à l'entretenir et à crier au scandale si on cherche à les en délivrer.

On nous a appris que l'homme est un loup pour l'homme. C'est pour faire oublier, je crois, qu'il est d'abord un loup pour la femme.

Cette pulsion de domination, je la jugeais révoltante, et très éloignée de moi, quand m'est revenu, brusquement, le souvenir d'une scène de mon enfance que j'avais oubliée. C'était sur la plage, je devais avoir six ou sept ans et je jouais avec trois autres garçons de mon âge. Près de nous, une petite fille de trois ou quatre ans s'amusait, toute nue, à faire des pâtés dans le sable. Plutôt que l'indifférence, la bienveillance ou le dialogue – toutes solutions également possibles –, nous avons plongé d'un seul mouvement vers l'attitude la plus odieuse. L'un de nous – je pense que ce n'était pas moi mais je ne pourrais même pas en jurer – a fouillé dans son sac et en a retiré un biscuit rond qu'il est allé insérer entre les fesses de la gamine, de sorte qu'un demi-rond dépasse de son derrière, comme une queue de lapin. Nous étions tous les quatre écroulés de rire. Elle pleurait.

Je me souviens d'avoir ressenti un malaise indéfinissable. Mais je riais avec les autres. Ce n'est qu'aujourd'hui que je réalise la vérité : il s'agissait d'une agression sexuelle. Cinq enfants, un biscuit, et tout est déjà là pour établir les rôles. Le fort et le faible, l'humiliant et l'humilié. J'ai été un peu rapide et complaisant de croire que je n'étais pas concerné. Au moins les germes sont en moi.

Si je devais trouver la raison de notre geste, avec quarante ans de recul, je dirais que c'est la peur. Peur de l'autre, de sa différence, de sa nudité. Peur de ne pas être capable de communiquer. Curiosité transformée en attaque. Finalement, c'est l'orgueil. Agresser, plutôt que de risquer une rebuffade, c'est peut-être toute l'histoire, simple et lamentable, du rapport des hommes avec les femmes.

Le dialogue est trop difficile. Nous ne sommes pas à la hauteur. Et seule la force nous tire encore du mauvais pas.

28

L'Humanité, 6 décembre 1999

Quand l'ère du soupçon empoisonne une bourgade sans histoire

Choqués d'apprendre que des jeunes gens [...] sont accusés de viols collectifs, certains habitants préfèrent rejeter la faute sur les victimes.

Seul un terrible coup de tonnerre pouvait réveiller cette petite ville engourdie [...]. Il a frappé mercredi dernier. Ce jour-là, les [...] habitants [...] apprennent [qu'une dizaine de] jeunes gens de la ville et des environs viennent d'être mis en examen, [...] pour «viol, viol en réunion et viol sur mineures de moins de quinze ans avec circonstances aggravantes». Les présumés auteurs de ces actes étaient mineurs au moment des faits qui s'échelonnent de 1991 à 1995. Les suspects n'ont pas tous, à ce jour, reconnu les actes qui leur sont reprochés. Quatre jeunes femmes, âgées à l'époque de treize à seize ans, ont déposé plainte.

Après cinq ans de silence, tout éclate [...], lorsqu'à l'issue d'une altercation avec d'anciens violeurs et n'en pouvant plus de garder un secret aussi traumatisant, une des jeunes femmes «craque» devant les gendarmes. La révélation publique du scandale provoque une véritable onde de choc dans la ville. Et, immédiatement, des questions se posent. Pourquoi a-t-il fallu plusieurs années, dans cette localité où tout le monde se connaît, et où victimes et violeurs ont fréquenté la plupart du temps les mêmes établissements scolaires, avant que l'affaire n'éclate au grand jour ? […]

Devant un café, deux hommes, la quarantaine, parlent de soirées chaudes, «pas très catholiques», à la sortie des boîtes de nuit. Une jeune femme blonde de vingt-quatre ans, Nathalie, gérante d'un commerce d'habillement en dit beaucoup plus. «Parfois, entre adolescentes, nous nous disions des trucs; une fille avait parlé de viol.» Mais d'ajouter aussitôt: «Si cela était si important à ses yeux, elle aurait dû en parler aux adultes, pas seulement aux copines.» Nathalie avoue avoir pris parti aujourd'hui en faveur des garçons accusés, car elle se demande «quels calculs ont pu pousser ces filles à parler six ans plus tard». Le procureur de la République […] avait mis les pieds dans le plat dès le début de la semaine en déclarant que «nombre de personnes étaient au courant de cette affaire et s'étaient tues jusqu'à présent». L'un des avocats […] qui a recueilli les premiers témoignages des victimes assure qu'elles n'ont pas parlé plus tôt car elles ont eu peur de représailles, peur d'étaler leur vie, peur du qu'en-dira-t-on dans une petite localité repliée sur elle-même. Il évoque même des pressions sociales qu'elles auraient pu subir en raison de la notabilité familiale de la plupart des agresseurs. D'ailleurs, comme pour se rassurer à bon compte et protéger l'honorabilité […] de quelques familles, beaucoup ici supportent difficilement que la presse ait signalé que les jeunes accusés sont en grande partie fils [de bonne famille]. […]

Parce qu'elle a connu, dit-elle, le temps où la police renvoyait des femmes qui venaient se plaindre d'agressions sexuelles, X, médecin généraliste […], estime très important qu'une telle affaire éclate au grand jour. «Ces jeunes femmes ont eu beaucoup de courage, car

138

je sais par mon activité les souffrances qu'endurent tout au long de leur vie les personnes victimes de maltraitance et de violences sexuelles. » Elle n'est pas surprise devant les faits révélés dans la [petite cité]. « Ils prennent [ici] une résonance terrible car tout le monde se connaît, mais il faut voir la vérité en face, insiste-t-elle, les problèmes graves de société se posent ici comme dans toutes les autres villes. » Une évidence qui, pourtant, semble loin de faire l'unanimité [...].

Quelques propos recueillis au fil de brèves rencontres [...] ne sont pas sans parfois provoquer un lourd malaise. « Nos garçons ne sont pas des voyous », assure une mamie. [...] « Et puis, je voudrais bien savoir qui sont ces filles, tout le monde dit qu'elles étaient consentantes », affirme un troisième. Une jeune commerçante d'un magasin de sport ne se retient même pas et crache : « Tout le monde sait que certaines filles aiment bien se faire sauter, et les garçons en profitent. » L'envie encore de se protéger, le refus de regarder en face la gravité des actes commis, réduits à de simples « bizutages et troisièmes mi-temps de rigolade », poussent certains à transformer les victimes en coupables. Des adolescentes de treize ou quatorze ans deviennent alors, aux yeux de quelques-uns, des filles « faciles », « allumeuses », « écervelées ». Au point que certains ont, vendredi, lancé une pétition de soutien aux garçons incarcérés. On peut notamment y lire : « Si comme nous, vous êtes convaincus de leur bonne moralité, soyez gentils, signez notre lettre. » Une démarche qui ignore totalement les jeunes victimes. Il semble, et c'est heureux, que peu [d'habitants] apposent leur signature.

29

Mélissa

Putain, qu'est-ce que j'ai pris ! Ils ont cru que j'étais complice avec Marion. Ils voulaient savoir où elle était. Jamais j'aurais dû aller à ce rendez-vous-là. Je n'avais même pas pensé qu'ils allaient s'en prendre à moi. J'ai rien fait, merde, et en plus j'y étais, à leur foutu rendez-vous. Au début, ils ne s'occupaient même pas de me baiser. Ils voulaient seulement me faire parler. Mais puisque je ne savais rien, ça pouvait durer jusqu'à la Saint-Glinglin. Au téléphone, elle avait juste dit qu'elle était dans un internat, très loin de Paris. J'ai répété ça cent fois, mais ils étaient persuadés que j'en savais plus. Ils ont sorti un couteau pour me faire peur en me caressant la peau avec la lame. Je pleurais de trouille, mais je n'avais toujours rien à dire, alors ils ont commencé à m'étrangler avec une écharpe. Jamais je n'aurais cru que c'était aussi horrible. J'ai pensé que je mourais. J'ai paniqué comme jamais dans ma vie, et puis ils m'ont lâchée juste avant que je tombe dans les pommes.

Après, ils m'ont relevée, déculottée, et ils se sont mis à me brûler les fesses avec des cigarettes. J'ai hurlé, mais ils m'ont tout de suite mis un bâillon sur la bouche. Et ils ont continué tous les sept à me faire des trous dans la peau en me couvrant d'injures. Mes fesses, c'est pire que les cratères de la Lune, maintenant. J'avais si mal que je me suis évanouie pour de bon. C'est avec des claques qu'ils m'ont réveillée. Et ça gueulait : « Alors, maintenant, tu sais où elle est ? Tu vas parler ? » Je pleurais, je pleurais, c'était la seule chose qui fonctionnait encore. Même si j'avais voulu parler, j'aurais rien pu sortir. C'étaient la trouille et la douleur qui étaient aux commandes.

Alors ils se sont découragés et ils ont décidé de tirer leur coup. Tous, l'un après l'autre. Ils m'ont tringlée à même le sol, en me faisant des écorchures terribles aux genoux et aux coudes. Puis ils m'ont laissée par terre et ils sont partis en me prévenant que si je n'apportais pas des informations la semaine prochaine, j'allais déguster pour de bon. Ça, c'était encore rien, apparemment.

Cette fois, je suis sûre que j'ai reconnu plusieurs types du lycée. Ils parlaient plus que d'habitude et ils soulevaient un peu la cagoule pour allumer les cigarettes. Des types qui sont en troisième. Je les connais de vue et j'aurais dit qu'ils avaient l'air de mecs normaux. Tu parles. C'est des fous dangereux. Surtout quand ils sont ensemble. Ils se montent la tête les uns les autres. On dirait qu'ils se la jouent au plus immonde, comme si c'était un concours.

Heureusement que c'est moi qui rentre la première à la maison. J'ai couru à la salle de bains pour me nettoyer et masquer les dégâts. Cacher les traces, c'était pas dur, mais avoir l'air de rien, je n'étais pas sûre de pouvoir y arriver. Je mourais de mal aux fesses, et puis je tremblais des pieds à la tête. Heureusement, maman était crevée, comme d'habitude, et elle s'est collée devant un film avec une pizza. Moi, j'ai mangé mon morceau à la table en faisant semblant de lire une bédé et en essayant de ne pas craquer. Puis j'ai dit que j'allais dormir. Dans mon lit, j'ai pleuré au moins la moitié de la nuit. Je ne savais pas quoi faire. J'avais sept jours devant moi, mais je savais bien que le septième jour, tout serait pareil à aujourd'hui. J'étais coincée dans leur système comme un rat. Si j'y allais, ils me violeraient encore, si je n'y allais pas ils me tortureraient, et si je portais plainte, ils me tueraient.

C'était tellement absurde, en plus, que les choses tournent comme ça. Nous, au début, on était bien disposées, on voulait juste s'amuser avec le sexe. Qui les a obligés à transformer ça en torture ? C'est un truc de mecs, je suppose, la domination, la violence, et carrément même le sadisme. On dirait qu'ils ne peuvent pas prendre leur pied sans ça.

Nous, ce n'est pas du tout ce qu'on imaginait. On se voyait plutôt dans des jeux érotiques, genre excitants. Ça faisait longtemps qu'on jouait toutes seules et qu'on avait trouvé trente-six manières de se donner du plaisir. Donc, on voulait passer à la vitesse supérieure, normal. Enfin, ce qu'on croyait être la vitesse supérieure. Parce qu'en définitive on est tombées de haut. Jamais rien vu de moins efficace qu'un mec pour avoir un orgasme. À mon avis, ils ne savent même pas que ça existe. Et de toute façon, ils s'en foutent royal, nos fameux experts qui devaient tout nous apprendre. Tout ce qu'ils savent, c'est limer, cracher et se tirer vite fait. Alors qu'à nous deux, on s'envoyait en l'air comme des reines. À la main, ça ne marche qu'une fois ou deux. Mais un jour Marion a découvert qu'avec le jet de la douche elle pouvait jouir quatre ou cinq fois d'affilée. Il suffit de dépasser le moment où c'est désagréable et de continuer. L'excitation revient. À partir de ce moment-là, on a expérimenté, pour voir. Je suis montée jusqu'à quinze, mais après je ne me sentais pas très bien. Comme si j'étais droguée. Et puis j'avais des courbatures terribles dans les fesses et dans les cuisses. Et aussi l'impression d'avoir la chatte en feu pendant des heures. J'avais carrément du mal à marcher. On a décidé que c'était mieux de rester en dessous de dix.

Un autre truc très bien, c'était le vibromasseur. Je l'avais trouvé dans les tiroirs de ma mère. Elle s'en sert pour masser sa cellulite. Dès qu'on pose ça au bon endroit, l'orgasme démarre au quart de tour. Et ça marche aussi plusieurs fois. Quand ma mère n'était pas là ou qu'elle regardait la télé, j'allais piquer l'appareil et on se faisait des séances « chacune son tour » jusqu'à dix fois et puis on arrêtait, épuisées. Ça, c'était le pied.

Dire que pendant tout ce temps on a cru qu'on loupait l'essentiel tant qu'il n'y avait pas une queue dans l'histoire. Dire qu'on attendait la suite avec impatience. On fantasmait sur les sommets qu'on allait atteindre quand on coucherait pour de bon.

Avec les premiers mecs qu'on a eus, il ne s'est rien passé, mais on s'est dit que c'était à cause de leur inexpérience. Ils étaient jeunes, quasi puceaux, ça devait être le problème. Alors quand Marion a rencontré ce type plus âgé qui parlait de tournante sexuelle avec des hommes expérimentés, elle a tout de suite pensé que c'était l'occasion à ne pas manquer. Là, on aurait sûrement toutes les lumières possibles sur la question. Il faut dire qu'on en avait marre de rester en rade avec ce septième ciel qui ne venait pas. Il fallait progresser coûte que coûte. Marion et moi, on n'est pas du genre à s'endormir sur un problème. On attaque de front. Donc on décide d'y aller. On s'excite, on se fait peur, mais après les frissons du début, on se rend compte que c'est exactement pareil qu'avant. Le mec lime, le mec jouit, et nous on s'amuse bien un peu mais on ne quitte pas la terre. Leur queue, ça ne sert à rien. Sauf que ça fait mal quand ils pénètrent à sec. Parce qu'ils ne sont même pas foutus d'attendre qu'on mouille. Si encore on avait pu s'expliquer, essayer de trouver une solution. Mais non, chaque fois c'était : « Ta gueule ! C'est moi le maître. C'est moi qui ai la puissance. T'as rien à dire. » Comme quoi, se faire baiser, c'est vraiment se faire baiser. L'arnaque totale.

30

Rachid

Putain, qu'est-ce qu'on lui a mis ! Elle a vu qui on était. On savait bien qu'elle savait rien, puisque Marion a même rien dit à ma sœur, mais l'occasion était à pas laisser passer. Baiser, c'est bien, mais ça devient la routine. Même que tu changes de cave ou de parking, t'as vite déchargé ton flingue. C'est quelques mois qu'on a mis avant de sentir l'usure. Au début, quelle putain de bonne combine, on se disait. C'est moi qui ai eu l'idée. J'ai dit que ça venait d'un film mais j'ai un peu arrangé le scénario à ma sauce. Ça faisait trop longtemps que je cherchais un plan pour niquer cette salope de Marion qui était farouche avec personne sauf avec moi. Putain de putain, j'avais la haine, quoi ! Je lui aurais bien cassé la gueule chaque fois qu'elle passait devant moi avec ses grands airs. De toute façon, on sait bien que c'est que des putes. Que c'est ça qu'elles veulent. On sait pourquoi elles viennent se frotter aux mecs, c'est pour se faire baiser. Et elle, son truc secret, j'aurais parié que c'était de se faire tirer par n'importe qui, comme une chienne. J'ai mis en plein dans le mille. Elle a marché tout de suite. La preuve que c'est une pute ! Pour en avoir, elle en a eu, de la queue d'Arabe, bien grosse et bien tendue. On l'a pas loupée. Et elle aimait ça.

Mais c'est sa copine Mélissa qui aimait le plus. Elle voulait même donner ses idées. Putain, c'est trop ! Comme si on leur demandait d'avoir des idées. Apparemment, elle avait pas encore pigé qui était le chef, mais ça lui a passé depuis. Et surtout maintenant qu'on a eu un bon prétexte pour la remettre au pas. Elle a compris qui commande, ça j'te jure.

Marion, on a pu la secouer plus tôt parce qu'elle nous faisait chier avec ses revendications. « Je veux avoir le droit de partir quand j'ai envie. » Ça tu crois ! Prends plutôt un bon dard dans le fion. Ah, ça c'est le pied de pouvoir se défouler sur la connasse. Quand elle est d'accord, c'est qu'un morceau de viande, un gigot. Tu te branles là-dessus ou sur autre chose, c'est pareil. Mais quand elle veut plus, c'est là que ça devient intéressant. J'ai jamais si bien bandé que quand ça lui faisait mal. Là-dessus on était d'accord, tous les sept de l'organisation. Baiser, ça doit ressembler à buter, sinon c'est chiant et on jute sans même en profiter. Mais entendre une salope qui gémit de douleur et entrer bien à fond dedans, ça c'est un plan certifié pour se sentir grand.

Le système a qu'un seul point faible. Plus on les secoue et moins elles veulent venir. La prochaine fois, on s'est dit, on fera un plan où on en prend une qu'on utilise qu'une fois, comme ça on peut y aller vraiment à fond, on aura pas peur d'abîmer sa motivation. *One shot*, ils disent en marketing. Le coup unique. Évidemment, il faut recommencer chaque fois le recrutement à zéro. Ici, on avait nos sept abonnées. On baisait chacun chaque semaine, mais obligation de ménager le matériel. Parce que, quand il faut passer aux représailles, ça commence à sentir mauvais. Y a quand même pas intérêt à se retrouver en taule pour des histoires de femelles. Trop con.

Ils sont débiles, aussi, ces Français. Protéger leurs gonzes des agresseurs, comme si leur vertu valait quelque chose, alors qu'elles se couchent devant le premier venu, et plutôt deux fois qu'une. Chez nous, c'est pas demain la veille qu'on va arrêter un type parce qu'il a réglé son compte à une traînée. C'est même pas plus grave que de se moucher. Et les autres meufs, elles restent chez elles, comme ça personne les agresse et le problème est réglé. Si Leïla se promène une seule fois dans la rue sans foulard, je peux la faire enfermer pour trois jours. C'est vital. Si jamais ta sœur passe pour une taspé, alors c'est la honte. Tu peux même plus marcher dans la rue, les gens vont même plus te parler. Mais Leïla est bien dressée, elle sait ce qu'elle doit faire. Autre chose que le bordel qui court ici.

Y a que Samira qu'on a inscrite dans nos fiches, et sans lui demander son avis à celle-là. Elle s'est mise à porter des minijupes et à sortir en boîte comme les autres pouffiasses, alors on l'a trouée. Y a pas de raison. Et maintenant on la tringle tous ensemble. Quand une fille aime ça, autant que ça serve à tout le monde. Même si c'est une fille de chez nous, on va pas la ménager, ça fera une bonne leçon pour les autres. Samira, maintenant, elle est foutue. Plus personne voudra d'elle. On la bouillave à sept, et sans cagoule – on est sûrs qu'elle ira jamais rien raconter.

On dirait même que ça va être encore plus facile de recruter maintenant. Depuis que tout le lycée est au courant, les candidates se bousculent. On va peut-être même pouvoir trier. On les fera défiler à poil

avant de choisir. Ha ha, c'est vraiment du tout cuit.
Pourquoi on se gênerait, hein? Non mais vraiment,
que quelqu'un vienne me dire si ça lui pose un problème, parce que celui-là je vais lui enculer sa femme
et je suis sûr qu'elle tendra les fesses. Y a que ça ici,
des chiennes en chaleur. C'est les mecs qui veulent
pas le reconnaître parce qu'ils savent plus s'imposer.
Alors ils poussent des cris et votent des lois contre le
viol et toutes ces conneries. Mais les gonzes, elles
demandent que ça, c'est ça que tout le monde essaie
de cacher. Et nous, on les baisera jusqu'à l'os, et personne pourra rien faire pour nous empêcher.

31

La mère

Je ne sais plus du tout où j'en suis. Jusqu'il y a dix jours, jamais je n'avais remis en question ma vie avec Hermann. Et brusquement, je suis sur le point de le quitter. Je ne sais même pas à quel moment ni pourquoi les choses ont basculé. Est-ce quand j'ai appris ce qui était arrivé à Marion, quand j'ai vu l'appartement, quand nous sommes rentrés de l'internat, quand nous y sommes retournés ? Ou alors tous ces événements ont-ils agi comme autant de coups de couteau successifs dans le tissu qui nous liait ? Je constate simplement aujourd'hui que j'envisage l'avenir sans lui et cela me remplit de frayeur – sans que je sache exactement si c'est l'avenir ou la dissolution de notre lien qui m'effraie à ce point.

N'est-ce pas ce qu'il y a de plus terrible : constater que tout ce sur quoi l'on se reposait fermement peut disparaître du jour au lendemain ? Est-ce qu'il restera une seule certitude possible ? Et ce qui me lie à moi-même, mes convictions profondes, cela peut-il aussi s'évanouir sans prévenir ? Qui sommes-nous si ce qui nous définit peut changer du tout au tout ?

Quand j'ai rencontré Hermann, je fuyais ma famille, et il en cherchait une. Nous sommes tombés dans les bras l'un de l'autre pour repartir à zéro.

C'est cela, je pense, qui nous a tenus serrés pendant toutes ces années, la gratitude d'avoir été une nouvelle chance l'un pour l'autre, de nous être mutuellement sauvés du gouffre. Mais il suffit peut-être de voir les choses autrement pour que ce sentiment s'écroule. Peut-être Hermann n'est-il pas, ou n'est-il plus mon sauveur ? Et s'il était devenu mon bourreau ? Peut-être est-ce lui que je dois fuir à présent ? Il me semble que les deux hypothèses sont également plausibles. Si je pense que j'ai besoin de lui, j'ai besoin de lui. Si je pense qu'il faut me séparer de lui, il faut me séparer de lui. Mais comment être sûre de ce que je pense ? Comment me fixer une fois pour toutes ? Ce que je voudrais, c'est que quelqu'un décide pour moi, ou même le hasard, à pile ou face.

On me dira que c'est moi la mieux placée pour savoir ce que je ressens, mais je ne sens rien, à part la peur. Quoi que je fasse, elle ne me quittera plus. J'essaie de penser à ce qu'il vaut mieux faire dans l'intérêt de Marion. Mais Marion, je le vois bien, est déjà parvenue beaucoup plus loin que moi dans l'art de décider comment on mène sa vie. Elle a décrété qu'elle ne passerait pas les week-ends là-bas. Elle connaît quelqu'un qui habite près de Bastille et qui peut l'héberger. Autrement dit, elle n'a plus besoin de nous.

Quant à Thomas, c'est encore un enfant, mais il a compris que le doute me mine. Il m'a dit : « Maman, je veux rester avec toi. » Ce matin, j'ai voulu aller l'inscrire dans une autre école, mais le directeur a déclaré qu'il ne voyait pas la nécessité de le transférer parce que quelques menaces en l'air avaient été adressées à sa sœur. Encore un peu et il m'aurait traitée de mythomane. Je suis retournée au commissariat du XIe arrondissement pour discuter avec la psychologue et lui demander de m'aider à trouver une solution. Thomas ne pouvait tout de même pas rester ainsi sur le carreau des jours et des semaines. On m'a dit qu'elle était occupée avec une T.S. (tentative de suicide). J'ai attendu trois quarts d'heure. Je me suis fait la réflexion que je n'avais pas un seul instant pensé à ça, le suicide. Preuve que mes problèmes restent relativement gérables. J'ai imaginé la détresse qu'il faut atteindre pour en arriver là. Il faut vraiment que toutes les issues soient bouchées, que personne n'écoute, que rien ne vaille la peine. Il faut déjà être en deuil de soi-même, s'être perdu définitivement. C'est cruel à dire, mais de penser à cette personne si totalement désespérée m'a fait retrouver un peu d'énergie. Nous n'en étions pas là, Dieu merci. Il s'agissait de régler des problèmes d'école et une crise de couple. Pas facile ni agréable, mais jouable.

La psychologue s'est montrée heureuse de me revoir. Elle a demandé des nouvelles de tout le monde. Je l'ai d'abord consultée sur un point qui me tracassait beaucoup.

— D'après le commissaire du XVIIIe arrondissement, on connaît le chef de la bande qui organise la tournante, mais on n'a aucune preuve contre lui. Quand j'ai demandé à Marion si ce n'était pas par hasard un certain Rachid qui l'avait entraînée là-dedans, elle a bondi. « Non, non, ce n'est pas lui. Je t'ai dit que c'étaient des inconnus ! » Je lui ai rapporté les propos du commissaire, mais elle refusait absolument de dire quoi que ce soit. À la fin, elle a fini par sous-entendre que même si c'était lui, elle ne le dénoncerait pas. Mais alors, qu'est-ce qu'il faut faire ? Je suis persuadée qu'elle sait qui sont ses agresseurs mais elle ne veut pas parler.

La psychologue m'a dit que c'était bien là le nœud du problème. Les filles sont ligotées, beaucoup plus soucieuses de pouvoir continuer à vivre dans un milieu qui restera le même que de s'en remettre à une hypothétique justice et de passer par des procédures infernales. Porter plainte, pour elles, c'est aussi inimaginable que de convoquer Dieu ou les extraterrestres. Cette attitude est à la fois terrible et compréhensible. Et on ne peut pas violer les victimes une fois de plus en les obligeant à porter plainte. C'est plutôt en amont qu'il faut travailler, du côté de la justice et de la prévention. Finalement, la psychologue m'a conseillé de respecter la volonté de Marion. Je suis atterrée, mais il n'y a rien d'autre à faire, et j'entre moi aussi dans la conspiration du silence.

Pour ce qui concerne Thomas, elle a proposé d'établir elle-même le contact avec des lycées parisiens, car elle avait l'expérience de ce qu'il fallait dire aux chefs d'établissement pour vaincre leur méfiance. Avec un élève intelligent comme Thomas, elle ne devrait sûrement pas chercher très longtemps. En attendant, je le garde avec moi à la maison, enfin je veux dire chez Céline, et je le fais travailler avec les manuels scolaires que nous avons pu retrouver.

Pour ma part, j'ai repris mes travaux de traduction à domicile avec un nouvel ordinateur acheté à crédit. Si je dois vivre seule, je demanderai qu'on m'envoie deux fois plus de textes à traduire. J'appréciais énormément de travailler à mi-temps, mais la vie change, parfois. On ne peut pas toujours garder ce qu'on a. Inutile de pleurer. Voyons à organiser les jours qui se présentent.

Céline a l'air de me prendre avec des pincettes, comme si j'allais la mordre ou m'effondrer. C'est vrai que je ne l'ai pas habituée aux crises. Dans ma vie, les choses coulaient de source et j'étais réglée sur « généreux sourire ». C'est fini, voilà, mon avenir est sujet à question, il faudra qu'elle s'habitue. Je préférerais qu'elle ne me regarde pas avec cet air inquiet parce qu'elle va finir par ajouter une contrainte à tout ce tintouin si je dois m'obliger à faire semblant de ne pas être malheureuse pour la rassurer.

32

Sergio

Marion est revenue loger chez moi. Après quinze jours dans son internat, elle n'en peut plus. Les profs semblent considérer qu'ils ont affaire à des criminels et se comportent comme des adjudants-chefs. Pas un qui parle moins haut que l'autre. Ça ne va pas être facile pour une fille indépendante comme Marion.

Je la connais depuis deux ans. Elle fréquentait occasionnellement le bar où je travaillais le soir. Son visage ressemblait tellement à un tableau que je ne me lassais pas de la regarder. En arrêt sur image, on dirait une madone italienne, avec son teint très mat et ses cheveux blond cendré. Puis son comportement bouscule et anime tout cela. C'est bien une fille du XXIe siècle, avec walkman, portable et piercing au nombril. Une présence incroyable, même quand elle ne parle pas. Et elle venait régulièrement bavarder avec moi, quand le boulot me laissait une minute. Elle voulait savoir ce que j'écoutais comme musique, quels films il fallait voir... Je crois qu'elle m'avait un peu choisi comme conseiller. Quand elle est venue me trouver il y a quinze jours, c'était la première fois qu'elle avait besoin de quelque chose. Elle m'a demandé si elle pouvait loger chez moi.

Je n'avais jamais voulu songer à quelque chose entre elle et moi. Elle a quatorze ans et moi trente-six. Mieux valait oublier. Elle m'a expliqué qu'elle était en danger. C'était un peu dingue son histoire de tournante, mais je sais bien que ce n'est pas une fille à raconter des craques. J'ai accepté de la ramener chez moi, même si je craignais des ennuis avec ses parents – détournement de mineure, etc. Elle que je croyais encore vierge, elle s'était emberlificotée dans une sale histoire avec un tas de mecs différents, c'était à peine croyable. Elle avait peur et voulait que je la serre dans mes bras. Rien de plus.

Putain, c'est la fille la plus bandante que j'ai jamais vue. Mais ce n'était pas le moment de la peloter, évidemment. J'étais prêt à écouter ses problèmes et à essayer de l'aider, mais au bout d'un moment elle ne voulait plus en parler. C'était trop nul pour perdre son temps là-dessus, à son avis. Elle m'a demandé de lui faire écouter de la musique. Puis elle a voulu sortir danser pour se défouler et oublier tout ça, mais surtout il fallait que je l'emmène dans un endroit où il n'y avait personne de moins de vingt ans. Je ne vous raconte pas comment elle danse, c'est trop beau. Tous les mecs étaient à genoux devant elle, mais elle est restée tout le temps avec moi. Sans me toucher, hélas. On est rentrés à six heures du mat'. On a dormi toute la journée, puis elle m'a fait une omelette jambon-tomates «pour me remercier de mon hospitalité». J'avais l'impression de rêver en voyant cette fille sublime vaquer dans ma cuisine comme si c'était chez elle. Tout le temps que j'ai bossé, elle est restée dans le café à écouter son walkman et à repousser des inconnus. Je me demandais comment ça allait tourner, son histoire. Elle partait sans prévenir ses parents, elle séchait les cours, elle s'installait chez moi, et pas moyen de lui faire dire un mot de ses projets.

«Je ne sais pas, on verra bien», c'est tout ce que j'arrivais à en tirer. Mais alors gentille, amusante, une vraie petite fée.

Le deuxième soir, je mourais d'envie de lui faire l'amour. N'importe qui aurait été comme moi, c'est humain. Vous avez Miss France qui vient s'allonger à côté de vous, dans votre lit, qu'est-ce que vous faites ? Vous bandez. Bien vu. Je n'en pouvais plus. Je me suis rapproché d'elle et je lui ai donné des bisous dans le cou. Elle n'a pas embrayé, mais elle n'a pas repoussé non plus. Du coup, j'ai voulu mettre ma queue entre ses fesses pour lui montrer où j'en étais. Et là, elle a bondi au plafond. «Non mais ça ne va pas ? C'est tout ce que tu trouves à faire ? Je suis chez toi pour fuir les dix ou vingt queues qui n'ont pas arrêté de me défoncer par-devant et par-derrière, et tu voudrais me faire recommencer ! T'as vraiment rien compris ? » Je me suis répandu en excuses. C'est vrai, elle avait l'air si normale, c'est à peine si j'y pensais encore à son histoire. Je ne voulais pas la brusquer. J'avais cru qu'elle était bien avec moi. «Oui, je suis bien avec toi, mais être bien et avoir envie de baiser, ce n'est pas tout à fait pareil. Je suis un peu vaccinée pour l'instant, tu comprends. » Après un moment, elle a ajouté :

— Et puis je ne suis pas du tout branchée sur les mecs plus âgés. Même mon père, je déteste qu'il me regarde avec insistance.

— Tu veux dire que ton père te fait… des avances ?

— Mais non ! T'es dingue ? Il me regarde, c'est tout. Mais déjà ça, ça me met mal à l'aise, tu vois ?

— Je crois que je vois, oui.

Je n'ai plus essayé de la toucher.

Le lendemain, elle est partie sans dire où elle allait. J'étais fou de remords et d'inquiétude. Qu'est-ce qui allait lui arriver ? J'aurais dû essayer d'être son père et pas son amant, puisque son père allait dans le sens inverse. J'étais vraiment stupide. Il fallait la sortir de ce merdier. Moi je n'avais fait que lui offrir une plate-forme où se poser. Avant de la serrer bêtement de trop près et de la voir s'envoler.

J'aurais tenté n'importe quoi pour la retrouver, mais je ne connaissais même pas son nom de famille. J'en étais réduit à attendre qu'elle réapparaisse – exactement comme depuis le début –, mais cette fois tenaillé par l'angoisse. Au moment même où je tombais amoureux d'elle, j'avais commis le geste qui allait la chasser. Jamais je ne m'en suis voulu autant.

Et puis hier, elle a poussé la porte du café. J'ai failli laisser tomber le verre que j'étais en train d'essuyer. J'ai couru vers elle, tout ému. « Marion, si tu savais comme j'étais inquiet pour toi. Tu n'aurais pas dû partir sans me prévenir. Je ne t'aurais plus jamais brusquée. Qu'as-tu fait pendant ces quinze jours ? » Elle m'a tout raconté. Le vol, le commissariat, les parents, la nuit à l'hôtel, le cambriolage, l'internat, le week-end mortel, sa décision de revenir à Paris le vendredi soir. « Tu es d'accord si je loge chez toi ? » J'en aurais pleuré de joie. J'ai dit : « Bien sûr », en essayant de ne pas trahir mon émotion. Je m'effrayais moi-même de me sentir aussi attaché à elle. Si je devais la côtoyer deux nuits par semaine sans la toucher, j'allais devenir fou.

Elle portait un collant bleu et une longue jupe en voile par-dessus. Des socquettes blanches et des chaussures de sport. Un body blanc moulant et une sorte de poncho en mohair. Aucune fille au monde ne s'habille comme ça. Et sûrement pas à l'internat. Mais Marion, chaque fois qu'on la voit, on dirait qu'elle vient d'inventer un style, là, à l'instant.

Donc elle est revenue chez moi. Elle a téléphoné à sa mère qui vit avec son frère chez sa tante, et à son père qui vit tout seul et qui boit. Elle est triste d'avoir déclenché tant de problèmes, mais elle ne voit pas bien pourquoi ses parents ne s'entendent plus à cause d'elle. Ils ne se sont même pas disputés, à sa connaissance, mais le père ne veut pas quitter l'appartement et la mère ne veut pas y retourner, c'est aussi bête que ça. Elle les aime bien, mais ils sont un peu cucul la praline. Pas du tout dans leur époque. Le père milite pour les droits de l'homme et la mère cuisine du tofu. C'est incroyable, tout de même, de planer comme ça, surtout quand on habite en plein Bronx. Ceux qui crèchent à Neuilly-sur-Seine, je comprends encore qu'ils passent à côté de certaines réalités. Mais là, ils sont quand même au milieu des dealers et des chambres de passe. Il y a des règlements de comptes tous les jours. Marion dit qu'ils ne s'aperçoivent de rien, ou presque – ils vivent dans leur bulle. Et elle peut sortir le soir comme elle veut, du moment qu'elle se fait ramener en voiture – ils lui remboursent toujours le taxi. Son père propose souvent de venir la chercher, mais elle ne veut pas qu'on la voie dans sa voiture. Elle n'a jamais voulu non plus qu'il vienne à l'école pour rencontrer les professeurs.

En général, elle n'aime pas qu'il y ait des relations entre les gens qu'elle connaît. Elle dit qu'ils ne vont pas du tout ensemble. Elle a besoin de vivre des choses très différentes avec chacun. Mais elle se plaint que quand elle se plonge entièrement dans une ambiance avec quelqu'un, après on essaie de la cataloguer, comme si elle ne pouvait pas évoluer dans d'autres univers, appartenir à d'autres groupes.

L'été dernier, elle a passé quinze jours de ses vacances à travailler dans un hôpital pour enfants cancéreux. Elle avait une copine dont le frère a développé une leucémie et quand elle est allée le voir à l'hôpital, elle a été bouleversée. Des gosses qui doivent mourir, elle ne pouvait pas l'accepter. C'est depuis lors qu'elle veut devenir médecin, et même travailler dans la recherche contre le cancer. En attendant, elle est allée distraire les enfants et leur tenir compagnie. Elle dit que c'est l'expérience la plus forte qu'elle ait jamais eue. Mais elle ricanait des bonnes sœurs et autres mouvements charitables qui croyaient pouvoir l'enrôler. Ils faisaient des réunions de réflexion et appelaient aux campagnes de sensibilisation. Marion ne comprenait pas que ces gens puissent en arriver à ne plus se définir que par une seule activité. Elle disait que même si son propre gosse était leucémique, elle aurait encore besoin de fréquenter plein d'autres milieux.

Même à moi, elle ne racontait pas tout, puisque j'ignorais totalement son histoire de tournante. En revanche, je sais qu'elle fréquentait de temps en temps une boîte où on donne des spectacles de travestis. Elle est fascinée par ce milieu depuis qu'elle a vu le film *Talons aiguilles* d'Almodovar. C'est devenu pour elle un film culte, dont l'affiche tapisse tout un mur de sa chambre. Elle est tombée amoureuse du type qui joue le travesti et qui est néanmoins amant de Victoria Abril, et elle connaît par cœur, en espagnol, la chanson qu'il interprète sur scène. Elle fantasme à fond sur ce type-là et rêve de rencontrer un homme qui parviendrait à « souligner aussi magnifiquement sa virilité tout en faisant mine de la camoufler ». Paradoxe suprême. Ses yeux brillent. Je me demande maintenant comment je dois comprendre tout cela, étant donné que je voudrais tellement la séduire. Je ne vois pas très bien. Rester doux, peut-être, sans l'entreprendre ? Mais alors, à quel moment la virilité doit-elle éclater? Il en faut bien un. Cette fille est un vrai labyrinthe.

Hier, elle est arrivée chez moi pour passer la nuit mais n'a pas soufflé mot de ce qui s'est passé la fois dernière. Elle ne m'a rien fait promettre, elle ne m'a pas dit d'aller dormir sur le canapé. Elle doit bien se douter que j'en bave toujours pour elle, tout de même? Elle s'est remise à bavarder comme avant, exactement comme s'il ne s'était rien passé. Comme si j'avais rêvé. De mon côté, j'ai trop peur de l'effaroucher. On ne m'y prendra plus à gâcher toutes mes chances. Du moment qu'elle continue à faire escale chez moi, je trouverai bien un moyen de lui faire entendre mes sentiments.

33

La grand-mère

Marion, c'est ma préférée parmi mes petits-enfants. J'en ai trois chez mon fils et deux chez Iris, mais Marion a toujours été la plus adorable. Pas spécialement facile. Elle sait ce qu'elle veut et peut faire un drame si on s'oppose à ses projets. Mais si affectueuse et directe. C'est la seule qui ne m'a jamais traitée comme une vieille femme qu'il faut ménager ou qui ne comprend plus rien à rien. À douze ans, elle a décidé toute seule de m'appeler Nady, parce que je m'appelle Nadège, plutôt que mamy. Et c'est la seule qui m'a écrit des lettres de toutes ses vacances, même quand elle ne partait qu'une semaine. Marion, parfois je la tiendrais pour ma petite sœur, tellement elle a le chic pour avoir l'air complice. Presque chaque fois que je la vois, elle me prend à part en me tirant par la main : « Nady, je vais te dire un secret. » C'est parfois important, parfois pas du tout. C'est surtout un prétexte pour avoir une conversation à nous deux. Iris, pendant ce temps, discute avec son père. Enfin, disons qu'elle l'écoute surtout disserter. Quand il a bu deux verres de vin, on ne peut plus l'arrêter. Si elle en a l'occasion, Iris vient me demander : « Qu'est-ce qu'elle voulait te dire, Marion ? » Je réponds : « Des petits riens, des potins de l'école. » Même quand ce sont des bêtises, je ne veux pas les répéter. Si Marion veut parler à sa mère, elle a tout le loisir de le faire. Je n'ai pas à trahir ce qu'elle n'a peut-être voulu confier qu'à moi.

À la puberté, j'ai bien vu qu'elle préférait se renseigner auprès de moi plutôt que chez sa mère. J'étais surprise et amusée du naturel avec lequel elle pouvait aborder le sujet. « Nady, est-ce que ça fait mal quand un garçon pénètre dans le vagin ? Est-ce que ça fait du bien ? Est-ce que ça dure longtemps ? Quand est-ce qu'on sait que c'est fini ? » Quelle curiosité simple et précise pour une gamine de douze ou treize ans ! Quand je pense à mon embarras lorsque j'avais son âge. La honte que j'aurais éprouvée à poser de telles questions à ma mère, et encore plus à ma grand-mère. Parfois, elle entrait dans de telles précisions que je me demandais si elle n'avait pas tout simplement déjà sauté le pas. Elle disait alors en riant : « Non, Nady, rassure-toi, je me prépare seulement. »

Je n'ai jamais parlé de tout ça à mon mari, naturellement. Même s'il s'est un peu assoupli avec l'âge, il est toujours tellement à cheval sur les principes. Nos deux filles en ont assez souffert (et par moments moi aussi) ! Je complotais parfois avec elles pour leur adoucir la vie, mais ce n'était pas simple, avec un chef de famille aussi autoritaire que Lucien. Aujourd'hui encore, à la seule idée que Céline ne s'est jamais mariée et a connu plusieurs hommes, il bout de rage. Avec Iris, il détestait le bonhomme, mais au moins le schéma classique était respecté. Alors, s'il savait le genre de questions que me pose Marion, je crois qu'il aurait une attaque.

Elle m'interrogeait souvent aussi sur ma vie de jeune fille et de jeune femme, me demandait pourquoi j'avais arrêté de travailler, arrêté de suivre les cours de chant, et si je ferais encore la même chose aujourd'hui. Ah, elle s'y entend parfois pour remuer le couteau dans la plaie! Mais c'est sans malice. Elle n'imagine pas vraiment les regrets qui peuvent se cacher derrière une bonne humeur de grand-mère qui pose le civet de lièvre sur la table. D'ailleurs, je ne regrette aucune des minutes que j'ai consacrées à ma famille. Mais j'aurais voulu en avoir d'autres, tout simplement. Je n'assomme pas Marion avec tout ça. J'explique que, à mon époque, il fallait choisir, nécessairement.

Elle, elle voudrait cinq enfants pour qu'il y ait toujours du mouvement dans la maison, mais aussi exercer un métier qui lui donne l'impression d'être utile. Et puis encore du temps pour écouter sa musique et aller danser en boîte. Allons, je me disais, elle a la santé. Et puis voilà qu'Iris me raconte des choses si terribles à son sujet. Elle est venue nous voir dimanche avec le petit seulement. Marion a été transférée dans un internat parce qu'elle a été agressée dans son propre lycée. Une tentative de viol par un élève plus âgé. C'est incroyable, ce qui se passe dans les écoles. On n'aurait jamais vu ça de notre temps. Maintenant, il faut l'éloigner pour la protéger. Pauvre trésor! Comme elle a dû être traumatisée. Elle qui était si curieuse des choses de l'amour, quel horrible début. J'ai été tellement choquée que je me suis mise à pleurer.

34

Marie-Claire, avril 2001

Selon les dernières statistiques du ministère de l'Intérieur, le nombre de mineurs mis en cause a augmenté de 25 % en cinq ans dans les cas de viols, et de 84 % en ce qui concerne les agressions sexuelles... « *Nous sommes confrontés à des viols collectifs de jeunes filles totalement en manque de repères, qui n'arrivent plus à savoir ce qui est normal ou pas* », *s'est alarmée Ségolène Royal, ministre délégué à la Famille.*

Certes, les cités n'ont pas le monopole de la violence sexuelle entre jeunes et, comme le disent les gens de terrain, il s'en passe de belles aussi dans les teufs de Neuilly et de Passy. Mais, selon Xavier Raufer, professeur de criminologie à l'université de Paris II, même si on ne connaît pas la proportion de gamins des cités impliqués, la délinquance sexuelle a forcément explosé dans les banlieues et les quartiers les plus à risques. « *Il y a onze ans, environ cent dix quartiers étaient considérés comme sensibles en France. Manière pudique de dire des coupe-gorge. Aujourd'hui, la situation s'est aggravée au point qu'on compte mille de ces quartiers, selon la section "Villes et banlieues" de la Direction centrale des renseignements généraux. Dont dix-neuf sont devenus des zones de non-droit. À savoir: on n'y voit quasiment jamais un flic. La particularité de ces cités,* qui cumulent tous les handicaps sociaux et économiques ? Beaucoup plus qu'ailleurs, les maris tapent sur leurs femmes, les parents sur les enfants et les enfants, qui poussent sans repères, se tapent entre eux. Ils ne font que répéter le modèle parental. »

Un constat qui débouche sur des réalités dérangeantes : « Livrés à eux-mêmes, continue Xavier Raufer, les jeunes ne savent pas que le viol, par exemple, est un crime. Pour lequel, même mineurs, ils risquent jusqu'à dix ans de "zonzon". Ils n'ont aucune éducation. Quand on les prévient qu'on n'a pas le droit de violer une fille dans la cave, ils vous répondent : "D'où tu viens, t'es un bouffon toi !" Et ils vous expliquent les vraies règles de la vraie vie – traduire : la loi de la jungle. Dans ces quartiers, le chiffre noir des affaires de viols jamais portées devant la police est vraisemblablement énorme. Parce qu'il existe un phénomène invisible, sauf pour qui y habite : l'intimidation ("Attention, on sait où tu habites", etc.). » Voilà le contexte dans lequel garçons et filles vivent leurs relations « amoureuses »...

« Quand j'ai demandé à un jeune violeur qui m'avait été adressé : "Mais est-ce que tu lui avais demandé, avant, à cette fille, si elle était d'accord pour avoir une relation sexuelle ?", il m'a répondu : "Demander ? Ça va pas, c'est la honte !", raconte, de son côté, Dina Vernant, médecin à l'Hôtel-Dieu... Une vision des relations entre garçons et filles effrayante, mais qui a une explication : « Demander, ce n'est pas possible quand on a une image tellement dévalorisée de soi, qu'on n'imagine même pas que l'autre puisse dire oui. Donc, pour avoir, il faut que je prenne, et là je vais enfin exister... »

35

Stéphanie

Depuis que j'ai rencontré par hasard le père de Marion, dans ce vernissage, me voilà de nouveau complètement obsédée par le besoin de la retrouver. Moi qui essayais de l'oublier par tous les moyens, je me raccroche malgré moi à l'idée que ce n'est pas de sa faute si je suis sans nouvelles. J'attends qu'elle revienne. Et c'est reparti pour un tour.

Pourquoi je tombe toujours sur des filles comme ça? Je la regarde entrer dans le bar. Elle est belle, elle est vivante, pleine d'énergie, elle a un regard sublime – directement, je craque. Je la regarde parler avec le barman, lui faire écouter quelque chose dans son walkman. Puis elle salue un groupe d'habitués, c'est-à-dire qu'elle les embrasse tous familièrement en se serrant contre eux, comme une fille qui appartient un peu à tout le monde. En deux minutes, je fais mon pronostic: elle est facile. Si je lui offre un verre, je peux la mettre dans mon lit. Ç'a été encore plus simple que je ne l'espérais. À peine avait-elle compris que j'étais homo qu'elle s'exclamait: «Voilà ce que je devrais essayer! Les mecs, pour l'instant, j'en ai jusque-là!» Une veine incroyable: j'arrivais juste au bon moment!

Elle a accepté de sortir avec moi sans se poser de questions existentielles. Les barrages moraux ne sont plus du tout ce qu'ils étaient. Je n'ai que treize ans de plus qu'elle, mais je me sens vraiment d'une autre génération. Les filles, maintenant, veulent avoir tout essayé. Ce serait presque une tare de s'en tenir à une sexualité classique.

Depuis que j'ai viré ma cuti, c'est déjà la quatrième fille très jeune qui me séduit, et je commence à connaître leur mentalité. Quel que soit le milieu, elles ont des traits communs – la marque de l'époque, je suppose – qui dans l'ensemble me donnent des frissons dans le dos. Elles ne jurent que par les expériences extrêmes (du sexe, de la violence, de la drogue), parce que c'est ce qu'on leur sert à la téloche ou dans les jeux vidéo depuis qu'elles sont toutes petites, et la vie réelle leur paraît inconsistante et fade, quand ce n'est pas tout bonnement irréelle. Elles comptent pour rien du tout les choses qui me procurent à moi des sensations fortes, parce qu'elles sont habituées à cent fois pire. Quand je pense que je l'ai ménagée, tout au début, de peur de la choquer, alors qu'elle allait toutes les semaines dans une tournante ! Marion, elle me l'a dit, assiste aussi de temps à autre à des séances de projection du type « pornopéra » ou « vidéorreur » qui multiplient les scènes à mon sens totalement insoutenables, genre viol collectif ou éviscération d'un homme vivant. Elle trouve ça « fun » et ne voit pas où est le problème. En dehors même de l'aspect révulsant (admettons que je sois une âme sensible), ce qui me choque le plus ce sont les valeurs (je dirais plutôt les non-valeurs) véhiculées systématiquement dans ce genre de « divertissement » : machisme, racisme, contestation aveugle, agressivité primaire. Comme la musique qu'elle écoute, il n'y a pas plus fasciste si on prend la peine d'écouter les paroles. Comme je m'étonnais tout de même qu'elle approuve ce genre de discours, elle a rétorqué :

— Mais je n'approuve rien du tout. Qui t'a demandé d'écouter les paroles ?

— Des mots comme « sale bougnoule », ça saute aux oreilles !

— Oh, mais bougnoule, ça ne veut pas dire bougnoule bougnoule. Mes copains beurs, ils écoutent ça aussi, je te signale. Non, sale bougnoule, ça veut dire sale con, c'est tout.

Finalement, j'ai compris que ce qui les excite tellement dans toute cette mode, c'est l'insulte en tant que telle. Il suffit de dire « j'te pisse dessus, enculé » pour avoir tous les jeunes derrière soi. Ils applaudissent debout celui qui aligne les gros mots sans même se soucier de savoir qui on injurie. Ils ne sont pas – comme nous – tracassés de vivre dans un monde furieux et brutal, parce qu'ils sont eux-mêmes furieux et brutaux.

Quand on va dans un parc, Marion dit : « Regarde-moi tous ces cons qui bronzent », quand on va dans un resto, elle dit : « Regarde-moi tous ces cons qui bouffent. » Ces ados sont tellement braqués sur tout ce qui est extrême et exceptionnel qu'ils en deviennent complètement inadaptés. En gros, ils bouffent du speed ou de l'ecsta (ça, c'était Rita, ma « conquête » précédente, elle était défoncée du matin au soir), du jeu vidéo hyper-violent, du film de cul débecquetant, et puis ils trouvent la vie quotidienne complètement plate. Là-dessus, ils chient des barres et ils insultent tout ce qui passe. Je ne comprends pas comment on peut rester à macérer dans ce bouillon puant. Est-ce que ce sont des gens qui, à trente ou cinquante balais, vont ouvrir un nouveau regard et jouir d'un coucher de soleil ? Ou bien est-ce que leurs neurones sont définitivement grillés ?

Nous, au moins, on savait qui on voulait insulter et pourquoi, mais maintenant ils s'en foutent, ils aboient, c'est tout ce qui les défoule. Il faut croire qu'ils sont vachement frustrés, immensément frustrés, pour être si réactifs à la haine.

C'est le cœur serré que je fais ce genre de constat, parce que Dieu sait si Marion me touche et si je sens en elle du potentiel. Mais je vois bien que c'est la quatrième fois que tout ça va me retomber sur la gueule. La fille veut juste s'amuser et ne s'intéresse pas vraiment à moi. Je lui ai demandé l'autre jour : « As-tu jamais été amoureuse ? » Elle m'a répondu : « Non, je ne vois pas très bien de quoi on veut parler avec ce mot-là. » Merci pour moi. En plus, depuis que je l'interroge sur ce qu'elle ressent, je la vois qui se referme comme une huître. Ça a l'air trop compliqué pour elle.

Qu'elle ait disparu sans prévenir, ça ne m'étonnait pas trop, à vrai dire. Les jeunes sont tellement égoïstes, ils n'imaginent même plus que les autres puissent éprouver quelque chose.

Je suis sûre qu'il y a une part de conformisme dans tout ça. Marion est très indépendante dans certains domaines, mais je sens bien comme elle se règle sur une sorte de « loi du groupe », propre à sa classe d'âge plus qu'à un groupe particulier d'ailleurs. Quand elle est seule avec moi, elle est nettement moins acerbe sur les connards et les enculés de tous bords. Elle se détend. La difficulté, c'est de l'avoir seule. On dirait que la solitude est une épreuve insurmontable. Elle sera toujours dans un bar, dans une soirée ou chez une copine. Elle me dit : « T'as qu'à venir avec nous », sans imaginer que j'aimerais la voir en tête à tête. Je me fais mener par le bout du nez, comme d'habitude.

Sans compter que ça risque de me coûter cher, littéralement. Elle a besoin de blé. Ses parents n'en ont pas des masses et ils lui filent un petit montant symbolique. Comme elle est débrouillarde, elle trouve toujours des combines : elle fauche dans les boutiques, elle revend des trucs qui sont tombés du camion, elle fait des brocantes avec les fonds de grenier de sa famille, tout ce qui lui passe par la tête – sauf le babysitting qui ne paie pas assez. Tout ça l'occupe beaucoup et elle n'a jamais le temps de me voir. Je la supplie de laisser tomber mais elle s'entête : « J'en ai besoin. Si tu veux vraiment que j'arrête, t'as qu'à me filer six bâtons par mois. C'est à peu près ce que je ramène. » Presque la moitié de mon salaire ! Ce pognon, elle y tient tellement parce que ça lui permet de jouer les grands sires. Elle paie des verres à tout le monde, elle offre des fringues aux copines, elle passe des heures à papoter sur son portable.

Six bâtons par mois, j'étais presque prête à le faire, si elle me promettait de passer ce temps-là toute seule avec moi. Mais je m'oblige à freiner des quatre fers. Je me connais. Je perds la tête. Je suis en extase devant elle, mais la moitié de la ville l'est également. À son âge, elle n'a besoin que de son corps et de sa fraîcheur pour obtenir tout ce qu'elle veut. Moi je voudrais qu'elle réfléchisse à la suite. Elle dit : « Lâche-moi, tu veux ? »

Pourtant, pourtant... je croyais vraiment qu'elle était différente. Elle écoute Eminem et tout le bataclan, d'accord mais, quand ça va mal, elle se passe un bon vieux disque de Barbara. Ça veut dire quelque chose, tout de même ! Et puis, il y a toute cette énergie qui émane d'elle et qui la rend bien plus intéressante que les autres. Elle est capable de s'engager dans des activités réelles, ce qui manque cruellement à tous ses copains. À force de consommer des images et de rester passifs, ils ont perdu le mode d'emploi du monde réel.

C'est quoi cette jeunesse ? Qu'est-ce qu'ils vont deve-nir avec si peu d'idées dans le ciboulot ? Quand il y a un courageux qui se remue un peu pour faire de la peinture ou du cinéma, il réinvente la roue parce qu'il n'a pas le moindre début de culture dans le domaine. Apprendre ? Étudier ? Sûrement pas, il faudrait tra-vailler. Ce qu'ils peuvent être paresseux ! Ils ont par-fois jusqu'à la flemme de se transporter dans leur lit.

Non, moi j'ai eu ma dose de cette génération – ils n'en ont jamais tant eu et ils ne cultivent que le refus. Une génération mort-née. La seule chose à faire, c'est de parvenir à me détacher de Marion et d'éviter de m'enticher encore d'une Esmeralda (bien sûr, elle ignore totalement qui est Esmeralda).

Ce ne devrait pas être trop difficile, puisque je ne pensais plus la revoir. Je croyais qu'elle en avait déjà assez de cette expérience et qu'il lui fallait autre chose. Quelle connerie d'être tombée sur son père ! Maintenant j'ai du mal à m'empêcher de me dire qu'elle va peut-être revenir ou m'appeler. Alors qu'il faut que je fasse tout pour me sortir de cette histoire et éviter de replonger avec des filles trop jeunes. Quatre fois. Est-ce que la leçon suffit, ou est-ce qu'il m'en faudra encore ?

36

La sœur de la mère

Malgré mon âge respectable, je sors régulièrement en boîte avec une copine. On peut être prof de philo et prendre plaisir à onduler de la croupe dans des endroits sombres et surchauffés, de temps en temps. Nous commençons toujours par aller voir un film facile, manger une pita, boire deux ou trois cocktails et papoter d'abondance avant d'aller danser. Les confidences vont bon train, les potins, les fantasmes et les prétendus plans sur tel ou tel homme appétissant.

Hier soir, en marchant vers le dancing, Isabelle m'a dit qu'elle portait un string (acheté en Italie avec son mari parce qu'elle était partie en oubliant de mettre ses sous-vêtements dans les bagages et qu'il l'avait guidée vers la lingerie coquine). Elle aimait beaucoup la sensation du pantalon porté à même les fesses. «Je me sens un peu salope et j'adore ça», a-t-elle dit avec un pétillement de gamine victorieuse dans le regard.

S'il y a une femme qui n'est pas une salope, c'est bien Isabelle. Elle aime son mari, elle s'occupe à merveille de ses deux enfants et je ne l'ai jamais vue aller plus loin, dans son appétit pour les autres hommes, que le simple plaisir des yeux. Mais hier soir, elle revendiquait, avec un aplomb qui était beau à voir, son droit à « se sentir un peu salope ».

Il y a là un paradoxe qui est peut-être la source de bien des malentendus. Les hommes n'ont aucune idée de la distance que nous mettons si fréquemment entre jouer à séduire et passer à l'acte.

Pendant que nous dansions, j'ai bien observé ces gens, hommes et femmes, qui tous étaient ravis de pouvoir s'exciter mutuellement de la façon la plus primaire possible. De tous côtés, les culs se tortillaient, les seins tressautaient, les coups de reins mimaient la copulation avec une joie évidente. Isabelle et moi n'étions pas les dernières à allumer et à nous laisser allumer. Mais il était tout aussi clair que ce plaisir d'évocation nous suffisait amplement et constituait tout ce que nous venions chercher.

Il semblerait qu'il en aille autrement pour les hommes. D'où leur tendance, sans doute, à interpréter de travers nos intentions.

Vers trois heures du matin, j'étais solidement entreprise par un bel homme au visage ténébreux. Il dansait de manière très sensuelle et je n'avais qu'à laisser mon corps suivre le sien pour profiter d'une belle émotion physico-esthétique (je ne peux pas dire que je n'étais pas réellement excitée, mais je restais en deçà d'une digue qui me permettait de voir la chose un peu comme un spectacle).

Mais, comme si souvent, l'homme ne comptait pas en rester là. Il a voulu m'offrir un verre. J'ai répondu que je voulais danser et rien d'autre. Tout le malentendu a été lisible, alors, dans son expression ahurie, puis exaspérée quand il a compris que je ne céderais pas.

Le divorce est patent : les femmes se satisfont de picorer, quand les hommes veulent tout ou rien.

Comme j'étais plongée, depuis deux semaines, dans le drame vécu par Marion, j'ai mieux compris cette association si généralisée entre un comportement dit aguicheur et la notion générique de « salope » pour désigner la femme qui aime coucher. C'est, à mon sens, parce que les hommes ne connaissent les nuances ni dans les approches ni dans le plaisir et réduisent toute la sensualité à une issue unique.

Quand je me suis débarrassée de mon danseur, et Isabelle d'un certain Grégoire qui lui avait offert un verre sans même lui demander son avis (mais en pure perte), nous sommes sorties et reparties vers la voiture en titubant légèrement, comme à notre habitude. C'est souvent là un très bon moment de la soirée. Nous adorons épiloguer en toute liberté sur les différentes danses nuptiales auxquelles nous avons pu participer.

Arrivée à hauteur de la voiture, j'ai eu le regard attiré par une silhouette qui se tenait sur le trottoir d'en face. Il m'a fallu un moment pour comprendre ce qui se passait. C'était un homme appuyé sur une poubelle, qui se masturbait tranquillement à l'air libre.

Il n'avait pas l'air de s'inquiéter de notre présence, mais nous ne nous sommes pas attardées dans le secteur et avons démarré en hoquetant de rire. Ce point d'orgue insolite apportait la preuve, s'il en fallait, que ces pauvres hommes sont littéralement sous pression. Celui-ci (qui sait si ce n'était pas mon soupirant) avait trouvé un moyen simple, efficace et inoffensif, de résoudre le problème. Mais d'autres fois, c'est la fille qui reçoit les grenades qu'elle a dégoupillées.

À cette occasion, j'ai mesuré un tout petit peu mieux les risques, et aussi ma chance. Je n'ai pas quatorze ans, je n'habite pas dans un quartier dangereux, je ne suis pas confrontée à des bandes, ni à un terrorisme de la réputation. Je vis ma sensualité bien confortablement en congédiant Machin quand il devient envahissant. Il n'est pas très content mais il s'incline. Combien de femmes jouissent de cette indépendance ?

Marion, ma propre nièce – une seule génération d'écart –, ne peut en aucun cas vivre aussi librement que moi. Pourquoi ?

37

Communiqué de presse,
mercredi 18 avril 2001

Le corps d'une adolescente a été repêché dans la Seine ce mardi à 16 heures. La jeune fille, âgée d'une quinzaine d'années, s'est vraisemblablement jetée d'un pont dans la nuit de lundi à mardi, le médecin légiste estimant que le décès remontait à plus de douze heures et avait bien eu lieu par noyade. La victime ne portant aucun document sur elle, elle n'a pas encore pu être identifiée. Son signalement est le suivant : Taille : 1,70 m. Poids : 56 kg. Cheveux : blonds, mi-longs. Yeux : bleus. Signe particulier : un piercing au nombril. La victime portait un jeans bleu, des bottines en daim bleu marine, un T-shirt côtelé gris clair et un pull bleu ciel à col en V sous une veste en jeans. Toute personne qui aurait connaissance d'une jeune fille portée disparue correspondant à ce signalement est priée d'en avertir immédiatement le commissariat de police le plus proche.

38

La directrice du lycée

Un suicide, maintenant, c'est le bouquet. Déjà que je vis un enfer depuis trois semaines. Maintenant, c'est la une des journaux assurée. Jamais je n'ai pris une aussi mauvaise décision, semble-t-il, que celle de tenir tout le monde informé de la réalité. Pourtant, je continue à croire que c'était la seule chose à faire. Mais la façon dont tout cela a tourné me dépasse complètement. D'abord, les élèves en ont fait des gorges chaudes, ce qui peut se comprendre, mais pas dans le sens que j'escomptais. Ils étaient tous excités, avides de détails et, croyez-le ou non, aguichés à l'idée de se dévergonder eux aussi. L'histoire de Marion leur a ouvert des horizons insoupçonnés et, apparemment, terriblement séduisants. Chaque classe complotait pour mettre au point sa propre tournante, pour réquisitionner les partenaires des voisins, enfin bref, le délire à l'état pur. Et les filles n'étaient pas les dernières à concocter des plans.

Puis il y a eu le tollé des parents et le téléphone qui n'arrêtait pas de sonner pour dire qu'ils allaient retirer leurs filles, et même leurs garçons, qu'il n'était pas question de les laisser continuer à fréquenter un lycée où la directrice elle-même encourageait la débauche (*sic*). Mon intervention préventive a été vue comme une provocation irresponsable face à des jeunes en crise, et le lendemain j'avais la presse sur le dos. On voulait savoir pourquoi j'avais excité le vice au lieu de l'étouffer, combien d'élèves étaient impliqués, et si moi-même j'avais déjà participé à ces séances (*re-sic*).

Comment empêcher, dès lors, de laisser se répandre le bruit que tout le lycée était pourri par des comportements sexuels pervers ? Tous les élèves interviewés trouvaient toujours quelque chose à dire sur des réunions ou des rendez-vous dont ils avaient entendu parler.

Là-dessus, toute une série de filles a cessé de fréquenter le lycée. C'est assez ironique, si on veut, parce que, pour une fois, elles avaient envie de venir, mais c'étaient leurs parents qui les en empêchaient. Il a fallu commencer à fixer des rendez-vous pour avoir des explications personnelles avec toutes les familles. J'avais beau répéter que Marion était un cas isolé et qu'elle n'avait rencontré que des garçons étrangers au lycée, ils étaient persuadés que le seul fait d'être en classe dans cet établissement constituait un risque majeur.

Dans une telle confusion, l'absence de Mélissa ne pouvait que paraître normale, une de plus dans la débâcle. Quand j'ai téléphoné à sa mère le lendemain, elle tombait pourtant des nues. Mélissa était partie au lycée comme d'habitude le lundi, et elle avait prévenu qu'elle irait dormir le soir chez Marion.

— Chez Marion ? Mais... vous n'êtes pas au courant ?

— De quoi ?

— Elle est partie dans un internat. Mélissa ne vous a rien dit ?

— Non. Que s'est-il passé ?

Madame Parmentier ne savait strictement rien

des événements du lycée. Mélissa avait été muette et elle-même ne regardait jamais les infos à la télé parce que après le travail ça la fatiguait trop.

Donc, Mélissa avait bel et bien disparu. J'ai immédiatement donné l'alerte au commissariat de police, et c'est alors que j'ai appris la découverte d'un corps d'adolescente dans la Seine. Le signalement correspondait. La mère de Mélissa a fait la même chose de son côté pour apprendre la même affreuse nouvelle. Une heure plus tard, la confirmation tombait. Mélissa s'était noyée dans la Seine dans la nuit de lundi à mardi. J'ai décidé de ne rien annoncer publiquement cette fois-ci, pour ne pas jeter de l'huile sur le feu. Je vois d'ici qu'on va m'accuser d'être responsable de la mort de Mélissa. Je ne sais pas encore quel lien son geste peut avoir avec l'histoire de Marion, mais je crains le pire.

39

Compte rendu du commissaire de police
(XVIIIᵉ arrondissement)

Marion Dumeyne, née le 3 février 1987, mandée par deux de nos hommes dans son école privée sise à F., s'est présentée devant nous le jeudi 19 avril 2001 à 16 heures. À l'annonce du décès de sa jeune condisciple, Mélissa Parmentier, elle a éclaté en sanglots. Interrogée sur le lien possible entre ce décès et l'existence d'une « tournante » à laquelle elle avait elle-même participé, elle a refusé de répondre à plusieurs reprises. Transmise aux mains de la psychologue, elle a finalement expliqué que la victime faisait également partie de la tournante mais n'avait pas voulu suivre son exemple et fuguer pour s'en échapper. Depuis le lundi 2 avril, date de sa propre fugue, Marion Dumeyne dit n'avoir eu aucun contact avec la victime, à part un coup de téléphone donné depuis l'internat où elle est arrivée le vendredi 6 avril. Pendant ce coup de téléphone, qui s'est déroulé en présence de ses parents, les deux filles n'ont fait aucune allusion à la participation de Mélissa Parmentier dans la tournante et celle-ci n'a pas manifesté d'inquiétude ou de projet particulier. Marion Dumeyne assure que Mélissa Parmentier avait pris la décision de continuer à participer à la tournante malgré son conseil répété de s'en échapper avec elle. Marion Dumeyne suggère que le rendez-vous auquel Mélissa Parmentier devait se rendre le mardi 10 avril pourrait s'être mal déroulé. Les membres de la tournante étaient capables de torturer ou d'humilier leurs «partenaires», et cela de plus en plus fréquemment, selon les dires de Marion Dumeyne. Ainsi pourraient s'expliquer les traces de brûlures de cigarette retrouvées sur le corps de la victime. Marion Dumeyne a demandé instamment qu'aucune mention ne soit faite de sa déposition devant la mère de la victime, considérant qu'il serait encore plus douloureux pour elle de découvrir la vérité sur les activités sexuelles de sa fille. Toutes nos tentatives pour obtenir de l'information sur les autres personnes impliquées dans la tournante se sont soldées par un échec. Marion Dumeyne dit que Mélissa Parmentier était la seule autre fille qu'elle savait participer à la tournante, car elles s'y étaient «inscrites» ensemble. Ni elle ni Mélissa Parmentier n'ont jamais été mises en présence d'autres filles recrutées par les mêmes individus. Elle affirme ne jamais avoir pu reconnaître l'un d'eux et pense qu'ils ne font pas partie du lycée qu'elle fréquentait avec Mélissa Parmentier. Elle ne se souvient d'aucun signe particulier qui pourrait aider à les identifier.

ANNEXE

LÉGISLATION COMPARÉE
LES ABUS SEXUELS SUR LES MINEURS
(SERVICE DES AFFAIRES EUROPÉENNES)

I – Le viol de mineur
est très diversement puni.

1. La notion de viol varie d'un pays à l'autre.
a) En Autriche, en Belgique, en Espagne, en Italie et aux États-Unis, tout acte de pénétration commis sur une personne qui n'y consent pas constitue un viol.
b) Les autres pays ont une conception plus restrictive de la notion de viol, mais condamnent tout acte de pénétration commis sur un enfant.

2. Dans la plupart des pays, le jeune âge de la victime est un élément constitutif de l'infraction.
a) Le jeune âge de la victime constitue un élément constitutif de l'infraction dans tous les pays étudiés sauf l'Italie.
b) Le jeune âge de la victime constitue seulement une circonstance aggravante en Italie.

3. L'échelle des peines est très variable.
Sauf aux États-Unis où le juge peut décider de n'appliquer qu'une amende, le viol est toujours sanc-

tionné par une peine privative de liberté. Sa durée varie beaucoup d'un pays à l'autre.

Le pays qui sanctionne le moins sévèrement le viol est l'Allemagne où la durée de la peine est comprise entre un et dix ans. À l'opposé, en Belgique, la peine infligée peut être la réclusion à perpétuité lorsque la victime a moins de dix ans.

Dans plusieurs pays, la durée de la peine varie avec l'âge de la victime. Ainsi, au Danemark la durée de la peine de prison est généralement de six ans lorsque la victime a entre douze et quinze ans et de dix ans lorsqu'elle a moins de douze ans.

II – Les sanctions appliquées aux autres infractions sexuelles sont encore plus diverses.

Parmi les abus autres que le viol, on a, selon la typologie adoptée par le Code pénal français, essayé de distinguer les agressions des atteintes.

1. *La distinction entre atteintes et agressions existe seulement en Belgique, en Espagne et en Italie.*
Dans ces trois pays, les atteintes sont sanctionnées moins lourdement que les agressions, celles-ci étant, en règle générale, punies moins sévèrement que le viol.

2. *Les atteintes et les agressions forment des catégories d'infractions particulièrement hétérogènes dans les autres pays.*
Il est cependant possible de dégager quelques caractéristiques de ces infractions. Dans certains pays, elles peuvent ne pas être punies si la différence d'âge entre le coupable et la victime est faible : deux ans en Autriche, trois en Suisse et quatre aux États-Unis.

III – La prévention juridique
de la récidive demeure limitée.

On a cherché à inventorier les moyens visant explicitement à prévenir la récidive des délinquants sexuels, sachant que, dans chaque pays, la récidive constitue de manière générale une circonstance aggravante qui justifie une sanction plus importante.

Les principaux moyens mis en œuvre pour prévenir la récidive dans le domaine des abus sexuels sur les mineurs sont les suivants : l'adoption de clauses pénales d'extraterritorialité permettant de poursuivre les ressortissants qui se sont rendus coupables d'abus à l'étranger, l'interdiction d'exercer certaines fonctions ou professions et la castration chimique. Ces trois dispositions existent en effet dans plusieurs pays tandis que chacune des autres mesures préventives recensées n'a été mise en œuvre que dans un pays.

IV – En France.

1. L'action pénale.
Le Nouveau Code pénal (entré en vigueur le 1er mars 1994) distingue un crime : le viol, et des délits : les agressions sexuelles.

2. Définition pénale.
Selon l'article 222-223 du Nouveau Code pénal : Tout acte de pénétration sexuelle de quelque nature qu'il soit, commis sur la personne d'autrui par violence, contrainte, menace ou surprise est un viol.

La grande modification apportée par la loi de décembre 1980 est la désignation précise du viol en tant que pénétration sexuelle.

3. Les peines.

Le juge peut prononcer une peine de réclusion criminelle pouvant aller jusqu'à vingt ans si le viol s'accompagne de circonstances aggravantes (mineurs de quinze ans, violence, personne vulnérable). Il est prescrit dix ans après les faits.

Les agressions sexuelles autres que le viol sont punies de cinq ans d'emprisonnement et de 500 000 F d'amende (art. 222-27 NCP).

Selon l'article 222-24 NCP: le viol est puni de vingt ans de réclusion criminelle (...) Lorsqu'il est commis sur un mineur de quinze ans (...), lorsqu'il est commis par un ascendant légitime, naturel ou adoptif, ou par toute personne ayant autorité sur la victime...

4. Le viol conjugal.

Avant la loi de 1980, un mari contraignant sa femme à subir un rapport sexuel ne pouvait se rendre coupable de viol puisqu'une grossesse en résultant eût été légitime. Le débat commença en 1980. En 1990, la loi reconnaît le viol conjugal. La loi protège la liberté de chacun et condamne toute pénétration imposée par la force. Cette loi est rarement appliquée, les juges considèrent encore aujourd'hui que la femme mariée est consentante.

TABLE DES MATIÈRES

6719

Composition Chesteroc International Graphics
Achevé d'imprimer en France (Manchecourt)
par Maury-Eurolivres le 10 mai 2005.
Dépôt légal mai 2005. ISBN 2-290-32413-2
1er dépôt légal dans la collection : septembre 2003

Éditions J'ai lu
84, rue de Grenelle, 75007 Paris
Diffusion France et étranger : Flammarion